KB152949

기후변화에 대항하는

독일시와 한국시의 기상학적 의식

이 저서는 2017년 대한민국 교육부와 한국연구재단의 지원을 받아 수행된 연구임.(NRF-2017S1A5A2A01025394)

기후변화에 대항하는
독일시와 한국시의 기상학적 의식

Meteorologisches Bewusstsein der Lyrik

in Deutschland und Korea gegen den Klimawandel

송용구 지음

위르겐 베커, 함민복, 우베 그뤼닝, 이문재, 사라 키르쉬, 이하석, 한스 카스퍼, 한스 크리스토프 부흐, 고형렬, 한스 위르겐 하이제, 최영철, 이준관, 발터 휄레러, 페터 쉬트 등 독일과 한국 시인 14명의 '생태시'를 탐색하고자 한다. 그들의 생태시는 '기후변화'와 '생태위기'를 범세계적汎世界的 사회문제로 인식할 수 있도록 우리의 현실인식을 강화해 줄 것이다. 필자는 기상학, 생태학, 철학, 문학을 통섭시키는 융합적 관점을 통하여 '기후변화'라는 전인류적全人類的 위기상황을 극복하는 데 필요한 현실주의적 패러다임을 제시하고자 한다.

생태시는 시대의 요구에 부응하여 '심각경보'의 기능을 발휘하는 기상학적氣象學的 매체로서 작용하게 되었다. 독일과 한국 시인들의 생태시는 점점 더 가까이 다가오는 '종말'의 임계점에 대항하여 그 임계점을 조금이라도 더 멀리 밀어내려는 '저항'의 패러다임을 우리에게 일깨워줄 것이다.

물, 공기, 흙에서 태어나고 성장한 모든 생물은 단 하나의 종種도 예외 없이 독립적 존재로서 소중한 '생명'을 갖고 있다. 그들 모두의 고유한 생명권生命權은 인간의 생명권만큼 중요한 것이다. 이러한 생태학적 세계관을 바탕으로 만물의 생명권을 인간의 인권과 동등한 가치의 단계로 끌어올리고 모든 종種의 생명을 인간의 몸처럼 아끼고 보살피려는 생명의식을 인류의 생태윤리로 승화시켜야만 한다. 그렇게 하지 않고서는 '기후변화'를 극복할 수 없다. "만물은 서로 돕는다"는 표트르 알렉세예비치 크로포트킨의 말처럼 자연과 인간의 상호부조相互扶助가 실현되는 생태사회적生態社會的 생명공동체를 구현하는 것을 지구촌의 지상과제로 삼아야 한다. 그 과제를 실현하기 위해서는 '생명'에 대한 의식의 전환과 윤리의 개선과 문화의 변혁이 선행되어야만 한다. 독일과 한국 시인들의 생태시는 지역과 문화권의 경계를 초월하여 기후변화와 생태위기에 대항하는 기상학적氣象學的 사이렌의 기능을 발휘함과 동시에 위기탈출의 해법을 조언하는 생태주의적生態主義的 멘토의 역할을 충실히 해낼 것이다.

2020년 6월 10일

송용구

목 차

제1장

기후변화에 대항하는
독일시와 한국시의 기상학적 의식

들어가는 말

　지구의 '기후변화' 문제를 다루는 '기후변화에 대한 정부간 패널(Intergovernmental Panel on Climate Change: IPCC)'은 제4차 평가보고서에서 산업혁명 이후 석탄과 석유 등의 화석연료 사용이 기하급수적으로 증가하면서 대기 중 이산화탄소 농도가 2005년까지 약 200년 동안 280ppm에서 379ppm으로 대폭 상승했다고 보고했다. 지구의 평균온도가 1906년부터 2005년까지 100년간 0.74°C 올라간 것이 그 결과다.

　흔히 말하는 '지구 온난화' 속도는 가속이 붙고 있다는 데에 문제의 심각성이 있다. IPCC는 현재의 이산화탄소 배출량 증가의 양상이 계속된다면 2050년까지 지구의 평균온도가 1.8°C, 특히 대한민국의 평균온도는 이보다 더 높은 2.0°C 상승할 것으로 전망하고 있다. 그런데 IPCC의 이 예측은 2007년에 제시된 것이다.

최근에 발표된 IPCC의 RCP 신新시나리오에 의한 예측은 공포스런 위기감을 증폭시킨다. 즉 2050년까지 지구의 평균 온도가 2.3°C나 상승하고 대한민국의 경우 급상승의 진폭은 더욱 커져서 3.2°C나 상승한다는 것이다. IPCC의 예측은 미국 해양기상청(NOAA)의 발표로 인하여 더욱 설득력을 얻는다. 2012년 지구의 평균온도가 20세기 평균보다도 무려 0.57°C가 더 높다는 조사 결과를 NOAA가 내놓았기 때문이다. 기후변화에 따른 지구 온난화 현상이 인류의 미래를 위협하는 가장 심각한 문제가 되었음을 입증하는 데이터다.[1]

UC 버클리캠퍼스 통합생물학과 교수를 역임한 앤서니 데이빗 바노스키Anthony David Barnosky는 "지구 전체 면적의 30%가 얼음으로 덮였던 마지막 빙하기 말부터 지금처럼 얼음이

---

[1] 국립기상연구소, ≪IPCC 5차 평가보고서 대응을 위한 기후변화 시나리오 보고서 2011≫, 국립기상연구소, 2011 참조.

거의 없는 상태로 바뀌기까지 3000년이 채 걸리지 않았다"[2]고 말했다. 그런데 그의 발언은 "북극 해빙海氷의 넓이가 342만 km²로, 위성관측 방법으로 북극해 면적을 기록하기 시작한 1979년 이후 최저치를 나타냈다"[3]는 미 국립빙설자료센터(NSIDC)의 연구결과와 맥을 같이 한다.

"오늘날 인류는 자연보다 더 빠른 속도로 더욱 큰 변화를 일으키고 있다. 우리가 지난 200년간 이룬 모든 변화는 과거 지구에 발생했던 어떠한 큰 사건보다도 큰 변화를 가져왔다."[4]는 바노스키 교수의 발언은 기후변화로 인하여 '멸종의 임계점'을 향해 점점 더 빠른 속도로 치닫는 인류와 모든 종種의 현실상황을 말해준다.

기후변화가 몰고 오는 '생태위기'[5]와 그것의 극단적 양상으로 예측되는 파멸에 맞서 시인들은 어떤 소명의식과 역할

---

2) <지구는 종말로 향하고 있다.>, ≪서울신문≫, 2012년 6월 8일.
　서울신문에 보도된 기사는 앤서니 데이빗 바노스키 교수가 ≪네이처≫
　지에 발표한 논문 중 일부를 인용하고 있다.
3) <북극 얼음면적 최소치 또 경신>, ≪동아일보≫, 2012년 9월 21일.
4) <지구는 종말로 향하고 있다.>, ≪서울신문≫, 2012년 6월 8일.
5) 머레이 북친, ≪사회생태론의 철학≫, 솔, 1996. 244쪽.

을 가져야 하는가? 필자는 생명공동체의 파멸을 예방하고자 하는 독일과 한국 시인들의 '생태주의'적 패러다임과 사회참여의식을 '기상학'의 시각으로 살펴보고자 한다. 필자는 기후변화의 위기상황을 진단·예측·경고하는 기상학적 경보의 기능과 역할을 독일과 한국의 현대시로부터 추출하여 제시하고자 한다.

생태사회, 생태학적 유토피아, 에코토피아 등으로 불리는 대안사회로 나아가는 도상에서 기후변화로 인하여 예견되는 대재앙과 멸망의 개연성을 극복하는 것은 인류의 공동 과제가 되었다. 인류에게 보내는 독일과 한국 시인들의 시적詩的 묵시록으로부터 기상학적 경보의 역할과 기능을 찾아내는 것은 생태위기와 '기후변화'라는 지구촌의 현안을 해결하는 데 있어서 문학이 담당해야 할 현실참여의 영역을 넓혀줄 것이다.

"가만히 앉아 바로 다음 세대가 지금보다 나쁜 환경에 살게 될 임계점을 기다리든가 무언가를 하든가 선택할 기로에 서 있다."는 바노스키 교수의 경고가 시사하는 것처럼 우리의 "다음 세대"에게 "나쁜 환경"을 물려주지 않고 오히려 지구를 지속가능한 생태사회로 전승해야 할 인류 전체의 의무가 요청되는 시점에 이르렀다.

기후변화로 인하여 다가오는 임계점에 정면으로 맞서서 임계점을 점점 더 멀리 밀어내려는 '저항'의 패러다임과 생활양식을 일깨우는 것은 인문과학과 자연과학 간의 경계를 초월하는 통합적 학문의 소명이 되었다. 필자는 이와 같은 궁극적 취지를 바탕으로 인문과학의 대표적 분야인 문학과 '기상학'이라는 비非인문과학 분야를 융합시키는 관점에 의해 생태위기와 기후변화의 문제에 대응하는 독일시와 한국시의 현실참여의식을 구체적으로 탐색하고자 한다.

II.
대재앙에 대한 '경계경보'로서의
독일시와 한국시
— 위르겐 베커와 함민복의 시 비교

　누보로망의 작가로 알려진 독일의 작가 위르겐 베커Jürgen Becker. 그의 ≪시집 1965~1980 *Gedichte 1965~1980*≫에서 기후변화 및 생태위기와 관련된 묵시록적 성격의 시작품들이 발견된다.[6] 그 중 대표적 작품 <말해주세요, 잘 지내고 있는지 Sag mir, wie es dir geht>에서 읽을 수 있는 기상학적 의식과 기상학적 역할 및 기능을 탐색해보자.

---

6) 송용구, ≪나무여, 너의 안부를 묻는다≫, 평단, 2018, 69쪽 참조.

시인 위르겐 베커(1932 - 현존)

자주 피곤에 젖는답니다. 언제나 살아 있긴 하지만
살아있음을 증명하는 일이
참으로 힘겨워지는군요. 그것을 증명하려 할수록
평안의 지평은 아득히 더 멀어져갑니다. 해가 저물어도
현상들과 사건들은 좀처럼 침묵할 줄 모릅니다.
멀지 않아 창문을 열 수 있는 것도
특권이 될 때가 올 것입니다. 차라리 감정 없는 사람처럼
행동하는 편이 더 나을 것입니다. 눈동자는 점점 더
굳어질테니까요. 어떤 일이 일어날 지 귀를 기울여보세요.
가끔씩 강물 가까이에서 물향기를 맡거나

푸른 하늘을 바라보는 것, 그것은 이제 낱말 속에서나
가능할 뿐
사물로 존재할 수도 없고, 경험할 수도 없는 일입니다.

Oft müde. Die wirkliche Anstrengung besteht darin,
immer anwesend zu sein und Anwesenheit
zu beweisen. Je besser der Beweis gelingt, desto
ferner rückt der Horizont der Ruhe. Abends
schweigen die Erscheinungen, die Vorgänge nicht.
Bald ist es ein Privileg, die Fenster öffnen
zu können. Handlungen ohne gefühle, und
das macht Vorteil. Eine zunehmende Starre
in den Augen. Hören worauf es ankommt.
Manchmal die Nähe von Wasser zu riechen
oder den grünen Himmel zu sehen, das sind jetzt
Wörter; Dinge und Erfahrungen nicht."[7]

　　　 ― 위르겐 베커의 <말해주세요, 잘 지내고 있는지

Sag mir, wie es dir geht>

---

7) Jürgen Becker, <Sag mir, wie es dir geht>, in: ≪Gedichte 1965~1980≫,
Frankfurt am Main 1981, S. 18.

위르겐 베커는 인간의 폐부 속에 깨끗한 공기를 공급하지 못하는 "하늘"을 "망가진"[8] 존재로 인식하고 있다. 시인의 현실인식은 "멀지 않아 창문을 열 수 있는 것도 특권이 될 때가 올 것"이라는 위기의식으로 전환되고 있다.[9] "살아있음을 증명하는 일이 힘겨워지는" 것도, 멀지 않아 창문을 열 수 있는 것이 특권이 될 때가 오리라는 것도 결코 가상의 상황을 염두에 둔 발언이 아니다. 베커의 시로부터 '기후변화'라는 지구촌의 위기상황을 예보하는 기상학적 기능이 발견된다. 그의 시는 기후변화의 재앙에 대한 '경계경보' 역할을 할 수 있다. 논지의 근거가 될 수 있는 NSIDC(미국 국립빙설자료센터) 소속 기상학자들의 진단 데이터를 분석해보자.

"북극해를 덮고 있는 얼음의 면적이 또 사상 최소 기록을 갈아 치웠다. 환경 전문가들은 지구 온난화로 인한 해빙海氷 감소가 온난화 속도를 높여 인류에게 재앙을 가져올 것이라

---

8) Jürgen Becker, <Natur－Gedicht>, in: ≪Moderne Deutsche Naturlyrik≫, hrsg. von Edgar Marsch, Stuttgart 1980, S. 239.
9) 송용구, ≪나무여, 너의 안부를 묻는다≫, 평단, 2018, 71쪽 참조.

고 경고하고 있다. 반면 북극해의 속살이 빠르게 드러나면서 방대한 자원을 선점하려는 세계 각국의 경쟁은 갈수록 치열해지고 있다. 미 국립빙설자료센터(NSIDC)는 16일 북극 해빙의 넓이가 342만km²로 위성관측 방법으로 북극해 면적을 기록하기 시작한 1979년 이후 최저치를 나타냈다고 19일 밝혔다. AP와 AFP통신에 따르면 이는 지난해보다 18% 줄어든 것이며 1979년부터 2000년 사이 평균면적의 절반 가까이로 줄어든 것. 해빙 면적은 여름에 줄고 겨울에 늘어나지만 지난 30년간 감소 추세를 이어 왔다. 기상학자들은 북극 해빙이 줄어드는 가장 큰 원인으로 인간에 의한 지구 온난화를 지목하고 있다. NSIDC의 기상학자인 월트 마이어는 "지구에 닿는 태양열의 90%를 반사시키는 북극해의 얼음이 빠르게 녹는 것은 '지구의 에어컨'이 사라진다는 뜻"이라고 우려했다."[10]

2012년 9월 21일 ≪동아일보≫ '국제' 면에 '북극 얼음면

10) <북극 얼음면적 최소치 또 경신>, ≪동아일보≫, 2012년 9월 21일.

적 최소치 또 경신'이라는 제목으로 보도된 위의 기사는 1979년 이후 지구 안에서 진행되는 기후변화가 생태계의 위기를 초래하여 "인류에게 재앙을 가져올 것"이라는 환경 전문가들의 "경고"를 전해주고 있다. 그러나 북극해의 얼음면적이 "지난해보다 18% 줄어든 것이며 1979년부터 2000년 사이 평균면적의 절반 가까이로 줄어든 것" 등의 구체적 데이터를 근거로 제시하고 있는 까닭에 위의 보도기사를 읽는 독자들은 이 경고가 단지 경고 그 자체의 수위를 넘어 "재앙"에 대한 경보와 다르지 않음을 충분히 자각할 수 있다.

지구 온난화로 인하여 갈수록 빨라지는 해빙海氷 감소의 "사건"과 얼음면적이 줄어듦으로 인하여 온난화 속도가 가속을 얻는 "현상"은 "해가 저물어도 현상들과 사건들은 좀처럼 침묵할 줄 모른다"고 말했던 위르겐 베커의 탄식을 떠오르게 한다. NSIDC의 기상학자들이 우려를 표명한 해빙 감소와 그것에 따른 온난화의 가속화는 베커의 발언과 같이 좀처럼 침묵할 줄 모르는 현재진행형의 현상과 사건이다. NSIDC의 진단 데이터와 관련시켜 본다면 베커의 시는 기후

변화로 인하여 예상되는 재앙에 대한 '경계경보'의 역할과
기능을 할 수 있다.

미국 국립빙설자료센터(NSIDC)의 기상학자
월트 마이어 박사

베커의 시에 나타난 위기의식은 "지구의 에어컨이 사라질"
것이라는 기상학자 월트 마이어Walt Meier의 진술처럼 인류의
미래에 대한 비관적 전망을 부각시킨다. 그러나 이러한 비관
적 전망의 언어는 체념과 절망을 강조하려는 것이 아니라 "재

앙"을 예방하고 멸망의 임계점으로부터 지구의 생명공동체를 지켜낼 것을 호소하는 반어적 표현이다. 베커의 시와 같이 기후변화로 인한 위기상황에 대하여 '경보' 역할을 맡을 수 있는 한국의 시작품으로 함민복의 <지구의 근황>이 있다. 기상학의 관점에서 그의 작품을 베커의 시와 비교해 보자.

나무를 기억한다, 사람들 가슴에 늘 푸른 붓이 되던
나무를 사랑한다, 어디서 보나 등은 없고 가슴만 가진
나무를 추억한다, 바람 불 때마다 여린 식물의 뿌리를
잡아 주던
나무를 애도한다, 꿈의 하늘을 향해 서서히 솟아오르던
녹색 분수

나무가 산다 사람들 마을에 사람들처럼
줄을 맞추고 그 길 그 공원의 격조에 맞춰
나무가 산다 아황산가스가 질주하는, 쿽쿽, 나무가 산다

기름진 시멘트 산에 잡초처럼 나무가 산다 성장력 왕성한
시멘트국에 볼모로 잡혀온 자연국의 사신처럼 나무가
산다

시멘트가 더러 나무로 푸른 문신을 새긴다 시멘트가

나무 반지 나무 목걸이를 하고 뽐낸다 시멘트가 나무를

다스린다

가로수 혹은 담장, 그 푸른 시멘트의 넥타이

철커덕

가로수 혹은 담장, 시멘트가 자신의 목을 처단하는 푸

른 오랏줄

지구의 사지가 **뻣뻣**이 굳어진다 11)

        ― 함민복의 <지구의 근황>

  함민복의 시 <지구의 근황>은 기후변화로 인한 생태위

기의 현실을 고발하고 있다. 시의 화자는 "지구의 사지가 **뻣**

뻣이 굳어지는" 대재앙의 가능성을 '예보'하고 있다. 그가 예

보하는 대재앙은 종말의 임계점을 알리는 신호탄이다. 바로

이 점에서 함민복의 시는 경보의 기능을 발휘하는 기상학적

매체로 전용轉用될 수 있다. 그 객관적 근거는 인류가 경험하

고 있는 "지구의 근황"이다.

---

11) 함민복, <지구의 근황>, ≪새들은 왜 녹색별을 떠나는가≫, 고진하·

   이경호 엮음, 다산글방, 1991, 40쪽.

기후변화의 주요 원인 중 한 가지는 개발사업을 위하여
사람의 마을에서 나무를 사라지게 하는 파괴적 행동이다.

물질주의적 "성장"의 고지高地를 향하여 "질주"에 여념이
없는 기괴한 메커니즘! 브레이크를 떼내고 쾌속의 직선주로
直線走路를 달려가는 그 메커니즘의 아가리에서 마그마처럼
터져나오는 "아황산가스"의 폭풍이 "사람들의 마을"을 강타
한다. 성난 파도처럼 휘몰아치는 아황산가스의 마수魔手가
사람들의 마을에서 사람들과 함께 살아가는 "나무들"의 숨
통을 막아 버린다. 사람들과 나무들 사이에 이어진 생명의
길이 툭툭 끊어진다. 이어지는 "지구의 근황"은 산소의 결핍
과 지구의 체온 상승에 따른 기후변화다.

나무는 개발과 건설을 위해 이용되는 도구일 뿐인가? 나무는 생산과 성장을 위해 활용되는 재료일 뿐인가? 나무는 소유와 소비를 위해 남용되는 '생명' 없는 물건일 뿐인가? 물질주의적 목표를 달성하기 위해 나무를 무분별하게 "처단하는" 것은 지구의 몸을 도륙하는 악행이다. 나무는 지구의 피와 살이기 때문이다. 나무의 숨통을 끊는 것은 "지구의 사지를 뻣뻣이 굳어지게" 만들고 기후변화로 인한 종말의 임계점을 향해 가까이 다가가는 자살행위임을 시인은 경고하고 있다.[12]

위르겐 베커의 시와 함민복의 시는 기후변화로 인하여 예견되는 대재앙을 막아내려는 시적詩的 경계경보의 기능을 발휘할 수 있다. 두 시인의 시작품이 '시적 경계경보'로서 기능할 수 있다는 기상학적 근거는 필자가 앞에서 인용하였던 ≪동아일보≫와 ≪서울신문≫을 비롯한 언론매체에 게재된 '기후변화' 관련 기사의 내용 및 IPCC, NOAA, NSIDC 등 기상학 전문기관들이 측정하여 제시한 '기후변화' 관련 데이터다.

---

12) 송용구, ≪생태시와 생태사상≫, 현대서정사, 2016, 104쪽 참조.

임계점의 미래상황을 예보하는
'심각경보'로서의 독일시와 한국시

— 우베 그뤼닝, 이문재, 사라 키르쉬의 시 비교

독일 시인 우베 그뤼닝Uwe Grüning은 기후변화로 인한 새로운 빙하기가 도래하여 지구가 거대한 화석化石들의 노천 박물관이 되리라고 예언하고 있다. 그의 시작품은 인류의 파멸과 종種들의 멸종에 대한 '경계경보'의 단계를 훌쩍 뛰어넘어 생명공동체의 멸망을 예정된 사실로 부각시킨다. 이번에도 그 멸망의 뚜렷한 원인은 기후변화로 인한 생태계 순환질서의 교란이다. 기상학의 관점으로 바라본다면 그의 시는 기후변화로 인한 종말의 임계점을 알리는 '심각경보'로서의 매체 역할과 기능을 발휘할 수 있다.

시인 우베 그뤼닝(1942 – 현존)

우리가 돌아왔을 때, 이곳
지구의 나이를 헤아릴 수 없었습니다.

빙하 밑에서 납작하게 바뀌어
산(山)들은 조용히 쉬고 있었지요.
어떤 아라라트 산도 우리의 눈길에는
희망의 빛을 던지지 않았지요.

해초(海草) 낀 여러 웅덩이 가까이에서
인간은 지구의 내부를 바닥까지 다 마셔버렸습니다.

우리는 늪 바로 곁에
우리의 입을 갖다 댔지요.
그러나 살아있는 숨결로 뒤덮인
거울은 살고 있지 않았습니다.
그러나 그곳에는 언젠가 한 번
만물이 존재하기도 했었지요.
지금은 세 번째로 깨어나길
열망할 수 없게 되었지만 말입니다.
바싹 말라버린 웅덩이 위로 석화(石化)된 잎새들을 가진
물푸레나무 화석이 일어섰지요.
그 나무는 천년의 슬픔 주변에 웅크리고 있다가
지구의 표면 위로 솟아 올랐습니다.

우리는 되돌아갈 용기가 나지 않았지요.
우리도 웅덩이에 고인 물을 마셨답니다.
어떤 얼음의 살갗 같은
어둠이 덮인 혹한(酷寒)을 우리는 목격했지요.

옛날의 것과 동일한 텍스트가 세계와 언어를
품어 감싸고 있는 것이 기억 속에 떠올랐습니다.
우리는 알아차렸습니다. 그 텍스트가
어떻게 생명을 죽이고 갈기갈기 찢어놓았는지를."[13]

Als Wir zurückkehrten, lag
ein unermessliches Alter über der Erde.

Die Berge ruhten
eingeebnet unter den Gletschern.
kein Ararat
bot Hoffnungsgehalt unserm Blick.

An algigen Trümpeln
trank sich der Mensch ins Alter der Erde.

Wir legten
unseren Mund an die Moose,
aber da lebte kein Spiegel,
der sich mit Atem beschlug.
Aber da war
alles schon einmal gewesen,
und begehrte nicht,
ein drittes Mal zu erwachen.

---

13) 박설호, ≪작은 것이 위대하다 － 독일 현대시 읽기≫, 울력, 2007,
38~40쪽 참조.

Über den durstigen Lachen erhob sich

mit versteinerten Blättern die Esche.

sie überragte die Erde

um ein Jahrtausend der Trauer

Zurückzukehren wagten wir nicht.

Wir tranken auch aus den Tümpeln.

Wir sahen die Kälte,

die das Dunkel wie eine Eishaut bedeckt.

Wir erinnerten uns, dass das gleiche Gewebe

Welt und Sprache umschliesst.

Wir spürten, wie es,

das Leben tötend, zerriss.

    — 우베 그뤼닝의 시 <팽창 Dilatation> [14]

함민복이 경고했던 대재앙의 미래상황이 우베 그뤼닝의

시에서는 완전한 파멸의 "근황"으로 "팽창"하고 있다. 인류

의 파멸과 생물의 멸종과 지구의 "조용한 휴식"을 현실로 굳

---

14) Uwe Grüning, ≪Innehaltend an einem Morgen. Gedichte≫, Union
    Verlag, Berlin 1988.

어지게 만드는 보이지 않는 원인은 인류의 팽창된 탐욕임을 시인은 비판하고 있다. 우베 그뤼닝의 시는 함민복이 경고했던 지구의 죽은 사지四肢에 대한 진혼가다.

그의 시로부터 기상학적 '경보'의 의미를 추출할 수 있다. 시의 화자인 "우리"는 누구인가? 찰튼 헤스턴의 열연으로 인상 깊은 영화 <혹성탈출>에서 "빛"보다 빠른 우주선을 타고 우주를 쾌속으로 질주하다가 지구로 "돌아온" 우주인과 같은 존재가 곧 "우리"다. 그런데 우리의 "눈"에 비친 지구의 "나이를 헤아릴 수 없는" 막막함이 우리의 이성을 부끄럽게 만든다. 우주선 안에서 보냈던 시간은 단 며칠에 불과했지만 우주선의 운행 속도가 빛보다 훨씬 더 빠른 것을 감안한다면 수십만년 또는 수백만년은 족히 흘러갔을 것으로 짐작된다.15)

그러나 우리가 부인할 수 없는 팩트 중의 팩트는 역사시대 歷史時代가 종지부를 찍었다는 것이다. 기술문명의 모든 기능이 정지하였다. 문명의 총아寵兒였던 과학기술의 시스템은 멸망한 왕국의 녹슨 유물처럼 쓸쓸히 널부러져 있다. 우리가 우

---

15) 송용구, ≪나무여, 너의 안부를 묻는다≫, 평단, 2018, 95쪽 참조.

주선을 타고 지구를 이륙하던 영광의 시절과는 소름 끼칠 정도로 달라진 지구의 처참한 현재가 우리의 눈 앞에 펼쳐진다.

　"빙하" 밑으로 가라앉은 "산山들"은 쉬고 있다. '쉼'은 죽음을 의미하는 은유다. 에틸렌, 이산화황, 이산화질소, 포름알데히드 등을 먹고 마시며 비대해진 '온난화'의 재앙이 지구의 명줄을 끊어놓은 것이다. 우베 그뤼닝의 시 <팽창>은 기후변화로 인하여 재현될 가능성이 있는 빙하기의 미래상황을 경보警報하고 있다.

　≪성경≫의 <창세기>에 따르면 신은 인류의 죄를 징벌하기 위해 '대홍수'의 심판을 내렸다고 한다. 신은 노아에게 계시를 내려 방주를 만들게 했다. 노아는 자신의 세 아들 셈, 함, 야벳의 가족과 지상에 살고 있는 동물의 암수 한 쌍을 방주 안에 태워 대홍수로 인한 멸망을 벗어나게 했다. 비가 그치고 지상에서 물이 마른 후에 노아의 방주는 터키 땅에 있는 아라라트 산정山頂에 멈추어 섰다.[16] <창세기>의 기록

---

16) <창세기> 7장 1절~8장 5절, 개역개정판 ≪구약전서≫, 대한성서공회, 9쪽 참조.

에 의하면 생명을 지닌 모든 종種은 종말 직전에 극적으로
목숨을 건질 수 있었다. 그것을 우베 그뤼닝은 두 번째 멸망
의 잠에서 깨어난 것으로 보고 있다.

기후변화로 인하여 북극의 얼음면적이 빠른 속도로 줄어들고
있다. 멸종의 위기에 직면한 북극곰의 현실이 서글프다.

빙하기로 인해 첫 번째 멸망의 잠에 빠져들었던 지구도,
대홍수로 인해 두 번째 멸망의 잠에 가라앉았던 지구도 내부
의 재생력에 힘입어 기적적으로 깨어났다는 것이 시인의 견
해다. 그러나, 기후변화로 인하여 지구를 점령한 새로운 빙

하기의 침략 앞에서는 그 어떤 방주도 그 "어떤 아라라트 산도" 지구에게 "희망의 빛"을 줄 수 없다는 것이 모든 독자에게 전하는 우베 그뤼닝의 궁극적 메시지다. 기후변화로 인하여 생명의 땅을 "어둠의 혹한"으로 덮어버린 새로운 빙하기의 재난 앞에서는 단 하나의 생명체도 "세 번째" 멸망의 잠에서 "깨어나길 열망할 수 없게 되었다"는 심각경보의 메시지를 읽을 수 있다.[17]

미야자키 하야오 감독의 애니메이션 <센과 치히로의 행방불명>에 등장하는 괴물 가오나시의 아가리처럼 팽창해버린 인간의 탐욕스런 "입"이 "지구의 내부를 바닥까지 다 마셔버린" 까닭에 지구의 재생력은 회복 불능상태가 되었다는 진단이 '경보'의 근거로서 작용하고 있다.

기후변화로 인해 "우리"의 현실이 될 가능성이 높아진 멸망의 임계점으로부터 조금이라도 멀어지기 위하여 인류의 탐욕이 팽창되는 것을 막아야 한다는 경고의 의미가 우베 그뤼닝의 시 <팽창> 속에 담겨 있다. 인류의 멸망과 모든 종

---

17) 송용구, ≪나무여, 너의 안부를 묻는다≫, 평단, 2018, 96쪽 참조.

種의 멸종을 미래적 사실로 상정想定하였다는 점에서 그의 시는 위르겐 베커, 함민복의 시보다 훨씬 더 '경고'의 강도를 높이고 있다. 그의 시 <팽창>은 최고 단계의 시적詩的 경보로 전용될 수 있다.

한국의 중앙재난안전대책본부에서 설정한 위기경보 4단계[18])에 비추어본다면 함민복 · 위르겐 베커의 시는 제3단계 경계(ORANGE)에 해당하는 시적詩的 '위기경계경보'다. 그들의 시에 견주어 우베 그뤼닝의 시는 위기경보의 최종 단계인 심각(RED)에 해당하는 시적 '위기심각경보'로 볼 수 있다.

"동일한 텍스트"처럼 물려받았던 물질적 탐욕의 팽창을 억제하지 않는다면 위기심각경보의 RED 카드를 면할 수 없다는 메시지가 우베 그뤼닝의 시에서 읽혀진다. 기후변화와 생태위기를 유발하는 근본적 원인은 "옛날의 것과 다를 바 없는" 인류의 탐욕임을 비판하였다는 점에서 그의 견해는 타당성을 갖고 있다.

---

18) '중앙재난안전대책본부'는 '위기경보'의 4단계를 '관심 - 주의 - 경계 - 심각'으로 설정하고 있다.

그러나 우베 그뤼닝의 시에서는 인류의 탐욕과 생태위기 사이의 중간 과정이 묘사되어 있지 않다. 탐욕 때문에 급진적으로 속도를 높이는 '개발'의 메커니즘. 그 '메커니즘의 뇌우雷雨 속에서'[19] 급증하는 오염물질의 팽창 등이 전혀 언급되어 있지 않다. 물론 우베 그뤼닝의 시가 멸망의 임계점에 대한 위기의식을 불러일으키는 가운데 생명에 대한 경각심을 일깨움으로써 생태의식을 고취시키는 교육적 효과를 거두고 있는 것만큼은 부인할 수 없다. 그럼에도 그의 작품은 오염물질과 같은 생태위기의 직접적 요인을 묘사하는 것이 부족하다. 필자는 이 결핍의 요소를 보완할 수 있는 대안적 작품을 한국시에서 발견하였다. 그 텍스트는 한국 시인 이문재의 <오존 묵시록>이다. 이 시를 기상학의 관점으로 분석해보자.

　　오존강은 푸른데
　　그 강 너머 오는 별빛들 칡넝쿨처럼
　　얼키는데 오존강에 설키는데

19) 김상미, 시 <보이지 않는 아이들>, ≪현대시학≫ 2004년 5월호.

어른이란 사실이 이젠 범죄여서
이 지구에 지금 살아 있다는 것이 파렴치여서
우리가 날마다, 알지도 못하는 채
쏘아올리는 화살이 있었구나, 매일매일을 우리가
떠내려보내는 뜰것들 있었구나

하늘로 쏜 화살이 내려오지 않는다
바다로 간 뜰것들 가라앉아 버린다

오존강 말라서, 오존강 갈라져서
아 우리들 살던 옛집 푸른 지구
막무가내로 무너진다
하늘로 쏘아올린 화살 벼락처럼
내려온다 불의 비, 질타의
장대비, 섭리의
쇠못같은 비, 거침없이 퍼부어진다
모두 잠긴다 떠내려 가는 것
아무것도 없다 지구에서 쏘아올린
화살과, 바다로 흘려보낸 뜰것들로
가득하고 가득하고 가득하다

늦었다고 생각될 때는 이미 늦은 것
오존강 건너
묵시록의 굵은 글자들, 우리가 별이라고 믿었던
빛들이 붉은 피를 떨군다
늦었다고 생각될 때 이미 묵시록은
시작되고 있는 것이다[20]

— 이문재의 <오존 묵시록>

이문재의 시 <오존 묵시록>은 인류의 탐욕을 비판하는 근본적 성찰에서 한 걸음 더 나아가 기후변화의 지대를 팽창시키는 오염물질, 즉 '오존(O_3)'의 치명적 위험성을 고발하고 있다. <오존 묵시록>에서 다음과 같은 생태위기의 악순환 현상이 발견된다.

VOCs(휘발성 유기 화합물) 다량 배출 → 환경오염 → '기후변화 유발물질'인 오존(O_3)의 수치 증가[21] → 기후변화 →

---

20) 이문재, <오존 묵시록>, ≪새들은 왜 녹색별을 떠나는가≫, 고진하·이경호 엮음, 다산글방, 1991, 94~95쪽.
21) ≪동아일보≫, 2012년 5월 29일자.

오존층 균열 및 파괴 → 기후변화 가속화 → 오존(O_3)의 수치가 기후변화로 인해 더욱 '증가'[22)]

"한반도 상공으로 인공위성을 쏘아 올려 환경 상태를 감시하는 체제가 2018년까지 구축된다. 환경부와 국립환경과학원은 "동북아시아 일대의 기후변화와 대기오염 등을 관측할 '지구환경위성' 개발을 최근 시작했다"고 28일 밝혔다. (중략) 지구환경위성에는 자외선과 가시광선 파장대를 조사할 수 있는 광학(光學)망원경 등 특수 장비가 설치된다. 이를 통해 한반도를 중심으로 2500만km² 일대의 기후변화 유발물질인 **오존(O_3)**과 장거리 이동 오염물질인 **이산화황(SO_2), 이산화질소(NO_2), 포름알데히드($HCHO$)**의 발생과 이동경로를 조사할 수 있게 된다."

22) ≪뉴시스≫, 2012년 9월 25일.

"지난 10년간 오존주의보 발령 순위는 경기(239회), 서울(125회), 전남(79회) 등의 순이다. 국립환경과학원에 따르면 관련 지역 석유화학 단지 근접 지역의 경우, 오존 생성에 가장 큰 영향을 미치는 에틸렌이 기준 전년동기 67.6ppb 대비 30ppb로 약 60% 감소됐다. 환경부는 VOCs 다배출 업체들에 대해 VOCs 저감시설인 LDAR 등을 설치토록 하고 예보상황에 따라 살수 대책 및 공정관리 강화 등을 추진하도록 한 것이 주효했다는 자체 분석을 내놓고 있다. 또 영산강유역환경청, 전남도 등과 함께 합동대책반을 꾸려 기존에 측정망이 설치돼 있던 2지점(여수 중흥동, 광양 골약동) 이외에 2지점(여수 월래동, 덕충동)을 추가 설치하고 오존예보제를 시범 실시하는 등의 노력도 효과를 본 것으로 보고 있다. 하지만 VOCs의 감소에도 불구하고 평균 오존 농도와 시간당 최고 오존 농도는 전년동기 대비 증가한 것으로 측정됐다.

이와 같은 분석의 근거는 2012년 5월 29일자 ≪동아일보≫와 2012년 9월 25일자 ≪뉴시스≫지에 보도된 환경부와 국립환경과학원의 오존 수치 분석 및 전망의 결과다(각주 21번, 22번 참조).

<오존 묵시록>에서 사용된 언술방식을 주목한다면 '위기'의 팩트를 고발하는 것과 함께 파멸의 임계점을 알리는 '묵시록'의 기능이 두드러진다. 임계점이 다가오는 속도가 점점 빨라져서 인류를 포함한 모든 종種의 멸종이 현실이 될 수 있다는 개연성을 '묵시록'의 어법語法으로 경고하고 있다.

언술방식의 측면에서 본다면 이문재의 <오존 묵시록>은 위르겐 베커의 <말해주세요, 잘 지내고 있는지>, 함민복의 <지구의 근황>, 우베 그뤼닝의 <팽창>과 함께 묵시록적 黙示錄的 시편의 범주에 속한다. 그러나 시의 내용적 측면에서 본다면 <오존 묵시록>은 이 3편의 시작품과 차별성을

이는 폭염(평균기온 1℃ 상승) 등 기상인자의 영향으로 풀이된다고 설명했다. 환경부는 **기후변화로 인한 이상고온 현상 및 VOCs 배출 증가세 등으로 향후 오존 수치가 계속 증가할 것**으로 보고 이번 대책의 성과를 바탕으로 지속적 저감대책을 실시할 예정이라고 밝혔다."

갖는다. 기후변화를 유발하는 파괴적 물질의 확산과 그것으로 인한 기후변화의 가속화 현상을 구체적으로 고발하였다는 점에서 베커, 함민복, 그뤼닝의 시에 비해 위기상황의 현실감을 더욱 생생히 체감體感하게 해준다.23)

시 <팽창>의 화자와 마찬가지로 <오존 묵시록>의 화자도 "우리"다. 시인은 인류를 "우리"라고 호칭한다. 우리가 "하늘로 쏘아올린 화살"은 무엇인가? 핵미사일을 비롯한 대량살상무기, 방사능, 에틸렌을 비롯한 각종 휘발성 유기 화합물(VOCs), 그것으로 인해 생겨나는 '기후변화 유발물질인 오존(O_3)과 장거리 이동 오염물질인 이산화황, 이산화질소, 포름알데히드' 등이다. 기후변화를 유발하는 화학적·물리적 요인들이 '화살'이라는 메타퍼 속에 응축되어 있다.

화살은 우리가 살아왔고 지금도 살고 있고 앞으로도 살아갈 "푸른 지구"로 부메랑처럼 돌아온다. "섭리"처럼 예견되는 미래의 재앙을 내다보지 못한 우리를 질타하듯 화살의 군단은 화염의 "장대비"가 되어 인류의 터전에 거침없이 "불의

23) 송용구, ≪생태시와 생태사상≫, 현대서정사, 2016, 108쪽 참조.

쇠못"을 박는다.[24]

　화자는 마지막 연에서 "묵시록"을 통하여 종말을 예언하고 있다. 그러나 이 '예언'은 종말 그 자체에 의미의 중심을 두지 않는다. 종말에 대한 예언은 파멸을 경고하기 위한 언어적 수단이다.[25] 예언은 임계점의 임박을 알리는 '심각경보'로써 기능한다. "늦었다고 생각될 때 이미 묵시록은 시작되고 있다."라는 화자의 발언은 기후변화로 인한 파멸의 임계점이 픽션의 산물이 아니며 우리에게 점점 더 가까이 다가오는 미래의 현실상황임을 경고하는 기상학적 '경보'의 기능을 발휘한다.[26]

　위르겐 베커, 함민복, 우베 그뤼닝의 시작품과 비교해볼 때 이문재의 <오존 묵시록>은 화학물질과 관련된 물리적 원인을 규명함으로써 현실인식과 현실비판을 한층 더 강화하였다. 그러나 독자로 하여금 "종말과 파멸이란 바로 이런

---

24) 같은 책, 108쪽 참조.
25) 송용구, <독일과 한국의 생태시에 나타난 묵시록의 성격과 기능>, ≪뷔히너와 현대문학≫38집, 한국뷔히너학회, 2012 참조.
26) 송용구, ≪생태시와 생태사상≫, 현대서정사, 2016, 109쪽 참조.

것이로구나!" 하는 실감을 느끼게 할 만큼 기후변화의 결과로서 나타나는 임계점의 실현을 구체적으로 묘사할 필요가 있다.[27] 그 필요성을 충족시킬 수 있는 대안적 작품으로서 독일 시인 사라 키르쉬Sarah Kirsch의 <그 때 우리에겐 불이 필요하지 않을 것입니다 Dann werden wir kein Feuer brauchen>를 분석해보자.

시인 사라 키르쉬(1935~2013)

27) 같은 책, 110쪽 참조.

그 때 우리에겐 불이 필요하지 않을 것입니다
대지는 열기로 가득 찰테니까요
숲에선 증기가 피어오르고, 모든 바다들은
용솟음치고, 구름들은 젖무덤 같은 동물 무리를 이루어
몰려 오겠지요 어머어마한 구름 나무들

찬란히 빛나는 태양의 얼굴이 창백합니다
공기(空氣)는 손에 잡힐 것만 같아서 나는 그것을 한 움
큼 쥐어봅니다
거만한 소음을 윙윙거리는 바람이
공기를 눈(眼) 속에 쑤셔 넣어도 나는 눈물이 나지 않습
니다

벌거숭이 몸으로 걸어가는 우리는
문(門)도 없고 그림자도 없는 거주지에
단 한 사람의 동행자도 없이 둘이서만 남아 있습니다
아무도 잠자리를 약속하지 않습니다
개들도 말을 잃었습니다 내 옆으로 누가 다가오든지
관심조차 없습니다 개들의 혀는
소리 없이 불쑥 부풀어 오릅니다 청각이 마비된 그들

하늘만이 우리를 에워싸고 비(雨)속엔 거품이 일어날
것입니다
추위는 자취를 감출 것입니다
돌들도, 가죽꽃들도, 우리의 육체도, 비단도
모두 다 열(熱)을 토해낼 것입니다 청명한 광택이
우리 안에 남아있을 것이니 우리의 육체는 은빛으로 빛
날 것입니다
내일 그대는 나와 함께 천국에 있을 것입니다[28]

Dann werden wir kein Feuer brauchen
Es wird die Erde voll Wärme sein
Der Wald muß dampfen, die Meere
Springen, Wolken die milchigen Tiere
Drängen sich: ein mächtiger Wolkenbaum

Die Sonne ist blaß in all dem Glänzen
Greifbar die Luft ich halte sie fest
Ein hochtönender Wind
Treibts in die Augen da weine ich nicht

---

28) 사라 키르쉬, ≪굴뚝새의 유리집에서≫, 박상배 옮김, 고려원, 1993,
    38~39쪽 참조.

Wir gehn bloßen Leibs

durch Wohnungen türenlos schattenlos

Sind wir allein weil keiner uns folgt niemand

Das Lager versagt: stumm

Sind die Hunde sie wehren nicht

Den Schritt mir zur Seite: ihre Zungen

Aufgebläht ohne Ton sind taub

Nur Himmel umgibt uns und schaumiger Regen Kälte

Wird nie mehr sein, die Steine

Die ledernen Blumen unsere Körper wie Seide dazwischen

Strahln Wärme aus, Helligkeit

Ist in uns wir sind silbernen Leibs

Morgen wirst du im Paradies mit mir sein[29]

　　　― 사라 키르쉬의 <그 때 우리에겐 불이 필요하지
　　　않을 것입니다 Dann werden wir kein Feuer brauchen>

---

29) Sarah Kirsch, <Dann werden wir kein Feuer brauchen>, in: ≪Sarah Kirsch Sämtliche Werke≫, Deutsche Verlags ― Anstalt, Stuttgart 2013, S. 22.

시의 첫 행에서 화자는 "우리에겐 불이 필요하지 않을 것"이라고 말한다. 화자의 발언은 "대지"와 그 위에서 살아가는 모든 생물이 "불"의 무덤 속에서 종말을 고할 수 있음을 경고하는 묵시록이다. 화염 덩어리로 변한 지구에서 바라본 "태양"의 얼굴은 말기 환자의 낯빛처럼 창백하다. 지구의 "공기"는 임종 직전의 사람이 내뱉는 마지막 숨결처럼 생명력이 소진되었다. 사람의 몸속에 뿌리를 내린 악성 종양처럼 온몸에 회색빛 독기운이 퍼진 "증기"들은 아프리카의 누우 떼처럼 "구름 무리"를 형성한다. 열기를 토해내는 구름 무리는 "구름 나무"를 닮은 뜨거운 회오리 바람이 되어 만물을 삼켜버릴 기세로 휘몰아친다. 마침내 "대지는 열기로 가득 차서" 하늘을 덮어버릴 잿빛의 구름 정글을 만들어간다.[30]

사라 키르쉬의 시 <그 때 우리에겐 불이 필요하지 않을 것입니다>는 종말의 임계점에 대한 '경보'의 기능을 발휘한다. 이 시작품에서 묘사되는 모든 파멸의 징후들이 마구잡이

---

30) 송용구, ≪나무여, 너의 안부를 묻는다≫, 평단, 2018, 91쪽 참조.

의 개발 행위와 탄소炭素의 과잉 배출로 인하여 생겨난 것임을 암시하기 때문이다.

"소비에 길들여진 인류는 수백만 년에 걸쳐 형성된 화석연료를 단 수십 년 동안 고갈시키고 말았다"[31]는 앤서니 바노스키 교수의 진단에서 드러나듯이 인류의 과잉소비는 자원의 고갈과 탄소의 과잉 배출로 이어졌고 결국은 "지구의 대기에 악영향을 미쳐 장기적인 기후변화"[32]를 초래하였다. 시의 화자는 기후변화로 인하여 예상되는 파국적 결말을 이야기하고 있다.

마지막 행에서 언급된 "천국"은 멸망의 임계점을 나타내는 반어적 메타퍼다. "불이 필요하지 않을" 우리가 "내일 천국에 있을 것"이라는 화자의 발언은 파멸이 완료될 "내일"의 임계점을 경고한다. 그의 경고는 '심각경보'의 형식과 같은 기상학적 경보의 메타퍼로 전용轉用될 수 있다. "내일 그대는 나와 함께 천국에 있을 것입니다."라는 마지막 행의 예언은

---

31) <지구의 눈물, 인간의 피눈물>, ≪동아일보≫, 2011. 9. 17.
32) 위의 기사.

"그 때 우리에겐 불이 필요하지 않을 것입니다."라는 첫 행의 예언과 함께 멸망의 임계점에 대한 '경보'의 기능을 극대화한다.

나오는 말
― '변화'의 도미노 현상에 대응하는 독일시와 한국시의
기상학적 패러다임의 연대의식

UC 버클리 캠퍼스 통합생물학과 교수

앤서니 데이빗 바노스키

필자는 독일시와 한국시로부터 기후변화의 위기상황에
대응하는 기상학적 패러다임을 추출하여 연관시키고 분석
하였다. 이에 필요한 다수의 기상학적 논거 중 가장 설득력
있는 논거는 ≪네이처≫지에 발표된 앤서니 데이빗 바노스
키Anthony David Barnosky 교수의 기상학적 진단이다. 지난 200
년간 인류가 이룬 급격한 변화, 즉 "유한한 자원을 태워 없애
고 스스로를 올가미로 꽁꽁 묶어버리는" 자원의 남용, 에너
지 고갈, 탄소의 과잉 배출 등의 변화로 인하여 지구 전체
"육지 표면의 43%가 완전히 변화했다."[33)]고 그는 진단하였
다. 이때 그가 지적한 두 가지 "변화"는 다른 양상의 변화이
면서도 앞의 것(자원 남용, 에너지 고갈, 탄소 과잉 배출)이
뒤의 것(육지 표면 변화)의 원인이 되고 있다.

육지 표면의 변화 및 기후변화를 일으킨 원인은 지속가능
의 속도를 일탈해버린 급진적 속도의 '개발'과 한계를 고려하
지 않는 '소비' 패턴의 생활양식이다. 개발과 소비 위주의 변
화는 기후변화, 재난, 종種들의 연속적 멸종, 자원 전쟁 등 악

---

33) <지구는 종말로 향하고 있다>, ≪서울신문≫, 2012년 6월 8일.

성 변화의 도미노 현상을 낳는다. 필자는 위르겐 베커, 함민복, 우베 그뤼닝, 이문재, 사라 키르쉬 등 독일과 한국의 시작품을 통하여 이러한 악성 변화의 연속과정을 분석하였다.

기상학의 관점으로 바라볼 때 독일시와 한국시가 예보와 경보의 대상으로 삼은 것은 '변화'의 도미노 현상이었다. 바노스키 교수의 연구진을 포함하여 기후변화에 대한 정부간 페널(Intergovernmental Panel on Climate Change: IPCC), 미국 해양기상청(NOAA), 미 국립빙설자료센터(NSIDC)에 소속된 다수의 기상학자들이 지적한 바로 그 현상이었다. 즉 자원의 남용 및 고갈과 폐기물의 과잉 배출에 따른 '기후변화'로 인하여 인류가 멸망의 임계점을 향해 빠르게 다가서는 현상이었다.

필자가 기상학의 관점으로 바라본 독일과 한국의 시작품들은 '기후변화'라는 인류사회의 위기상황에 대응하는 기상학적 예보 및 경보의 매체로 전용轉用되어 현실개혁과 사회변혁에 필요한 교육매체의 역할과 기능을 발휘할 수 있다.

제2장

독일과 한국의 생태시 비교 연구

― 생태학적 세계관의 비교를 중심으로

들어가는 말

— 문제 제기와 연구 방향

환경오염과 생태계 파괴를 일으키는 사회적 원인들을 규명하는 과정을 통하여 인간과 자연 간의 관계를 비판적으로 성찰하게 된 현대시를 독일어권 문단에서는 "생태시Ökolyrik"[1]

---

1) P. C. Mayer—Tasch, <Ökologische Lyrik als Dokument der politischen Kultur>, in: ≪Im Gewitter der Geraden. Deutsche Ökolyrik 1950—1980≫, hrsg.v. P. C. Mayer—Tasch, München 1981, S. 11.
1981년 페터 코르넬리우스 마이어—타쉬의 논문 <생태시는 정치적 문화의 기록물 Ökologische Lyrik als Dokument der politischen Kultur>에서 처음으로 '생태시'라는 명칭이 사용되었다. 특히, 그의 논문은 1981년 뮌헨의 출판사 '체. 하. 베크 C. H. Beck'에서 출간된 생태시선집生態詩選集 ≪직선들의 폭풍우 속에서. 독일의 생태시 1950－1980≫의 지침 역할을 맡고 있다.

또는 "생태학적 시 Ökologische Lyrik"[2]라고 명명해왔다. 1866 년 생물학자 에른스트 헤켈 Ernst Haeckel에 의해 처음 제시되었던 "생태학Ökologie"의 개념과 시 Lyrik가 결합되어 '생태시'라는 명칭이 형성되었다.

헤켈의 견해에 따르면 '생태학'이란 특정한 유기체와 주변 환경 간의 연관을 연구하는 학문이다. 물, 공기, 흙과 동식물 간의 상호 작용을 연구함으로써 생물들 간의 연관 시스템을 밝혀내고 종種의 생존 조건을 규명하는 학문이다.[3] 이러한 생태학적 인식에서 생겨난 생태주의 패러다임, 정치현실 및 사회구조에 대한 비판적 인식, 환경운동의 이념 등이 생태시의 정신적 토대를 이루고 있다.[4] 필자는 생태시의 성격을 다음과 같이 10가지로 규정해보았다.

---

2) Ebd., S. 9.
3) Vgl. Ernst Haeckel, ≪Generelle Morphologie der Organismen≫, Berlin 1866. Bd. 2. S. 286.
4) 송용구, <독일과 한국의 생태시에 나타난 묵시록의 성격과 기능>, ≪뷔히너와 현대문학≫제38집, 2012, 56쪽 참조.

(1) 생태시는 자연과 인간의 생명이 손상되는 상황을 직설적 어법을 통해 사실적으로 묘사한다.

(2) 생태시는 전쟁, 핵개발, 개발사업, 건설사업 등 생태계 파괴를 일으키는 정치 및 사회적 원인들을 비판하면서 선언문적 어법을 통해 그 원인들에 대한 개혁을 호소한다.

(3) 생태시는 이성만능주의, 물신주의, 배금주의, 과학기술만능주의, 성장제일주의 등 인간의 잘못된 의식구조로 인하여 도구와 물건으로써 사용되는 자연과 생물을 도구가 아닌 존재 그 자체로서, 물건이 아닌 생명 그 자체로서 존중할 것을 호소한다.

(4) 생태시는 인간의 인권人權과 생존권을 억압하는 사회구조가 자연의 생명권生命權을 침탈하는 지배구조를 확대한다는 사실을 고발하면서 인권과 생명권의 동시적同時的 회복을 지향한다. "사회생태주의"5)적 패러다임과 생태여성주의적 패러다임을 일깨우는 시의 유형이다.

(5) 생태시는 만물 사이에 이어져 있는 생명의 연결고리와 생명선生命線의 유기체적 순환구조를 포착하여 부각시킨다.

---

5) P. C. Mayer—Tasch, a. a. O., S. 16, 19.

(6) 생태시는 자연미自然美의 상실을 슬퍼하면서 자연미의 회복을 호소한다.

(7) 생태시는 생태위기로 인한 인류의 멸망과 지구의 종말을 묵시록의 어법을 통해 경고함으로써 종말에 대한 위기의식과 정신적 저항력을 일깨운다.6)

(8) 생태시는 생명을 가진 모든 종種의 생명권이 평등하다는 것을 강조한다.

(9) 생태시는 물, 공기, 흙, 나무, 꽃, 풀, 새, 곤충 등 자연의 모든 생물을 인간과 함께 사회를 지탱해나가는 사회적 파트너로 묘사한다.

(10) 생태시는 사회개혁의 과정을 통하여 인간과 자연의 상호의존相互依存이 이루어지는 대안사회, 즉 "생태사회"7)의 비전을 노래한다.8)

---

6) '묵시록'적 어법을 통해 인류의 멸망과 지구의 종말을 '경고'하는 '생태시'의 유형에 관해서는 필자의 논문 "<독일과 한국의 '생태시'에 나타난 묵시록의 성격과 기능>, ≪뷔히너와 현대문학≫제38집, 2012"를 참조할 것.

7) 홍성태, ≪생태사회를 위하여≫, 문화과학사, 2004, 49쪽.

8) 김용민, 『생태문학』, 책세상, 2003, 104~122쪽 참조.
   김용민은 '생태문학'의 유형을 다섯 가지로 제시하였다. "(1) 환경과 생태계의 파괴를 직접적, 사실적으로 서술하는 유형. (2) 생태학적 인식을 바탕으로 생태계의 현 상황을 사실적으로 그리면서 동시에 생태

이와 같이 필자가 규정한 생태시의 10가지 유형9)에 따르면 생태시는 파괴된 자연환경의 실상을 사실적으로 묘사하면서도 묘사에만 중점을 두지는 않는다. 생태시는 자연의 생명력과 생태계의 자정능력을 객관적으로 진단함으로써 인간과 자연 간의 관계가 어떻게 변화되었는가를 사실적으로 "표명"10)하는 시다. 한 걸음 더 나아가 생태계를 파괴하는 원인들을 비판하면서 인간과 자연 간의 상생이 지속적으로 이루어질 수 있는 미래지향적 대안사회를 찾아나가는 능동적 "참여문학"11)이 곧 생태시다.

계 파괴의 원인을 성찰하는 유형. (3) 자연이나 환경을 직접적으로 드러내지는 않았지만 생태계 문제를 심도 있게 다루고 있는 유형. (4) 페미니즘적 관점에서 생태계 문제를 바라보고 성찰하는 유형. (5) 생태계의 현 상황을 비판하는 것을 넘어서서 미래의 생태사회를 꿈꾸고 모색하는 유형."

9) 송용구, ≪에코토피아를 향한 생명시학≫, 시문학사, 2000, 32쪽 참조. 필자는 이 책에서 '생태시'의 유형을 7가지로 제시한 바 있다. 그러나 개념의 추상성을 극복하지 못했다는 판단에 의해 연구과정을 거쳐 10가지 유형을 제시하게 되었다.

10) P. C. Mayer – Tasch, a.a.O., S. 12. "Manifestationen"

11) Ebd., S. 14.

마이어 – 타쉬는 자신의 논문 <생태시는 정치적 문화의 기록물>에

1950년대 중반, 한국 사회는 6.25 전쟁 직후의 폐허와 참상을 수습하는 데 총력을 기울이다 보니 산업의 발전에도, 국가의 재건에도 엄두를 낼 수 없는 상황이었다. 그러나 동일한 시기에 서독西獨에서는 산업의 발전과 함께 전후戰後의 재건 속도가 갈수록 빨라지고 있었다. 생태계의 파괴 또한 가속을 얻었다. 정부 당국의 주도하에 서독 국민들은 산업활동에 몰두했던 까닭에 생태계가 타락해가는 위기상황을 감지할 여유가 없었다. 발전과 개발의 급진적 속도는 자연의 생식능력과 자정능력에 심각한 타격을 가하였다. 도미노 현상처럼 인간의 생명도 위협받기 시작하였다. 1950년대 생태시의 성격을 선명히 보여준 시인으로 손꼽히는 한스 카스퍼 Hans Kasper, 한스 위르겐 하이제Hans Jürgen Heise, 다그마르 닉 Dagmar Nick 등의 시작품들은 이러한 서독 지역의 시대상황을 반영하고 있다.

비록 '생태시'라는 장르가 독일과 한국의 문단에서 현대시

서 생태시를 "참여문학die engagierte Literatur"이자 "생태학적 참여문학 Ökologisch engagierte Literatur"으로 규정하였다.

의 주요 경향으로 자리 잡았던 시기는 서로 다를지라도 그 역사적 배경의 공통점을 파악해보자. 가장 선명하게 드러나는 공통점들은 '전쟁', 전쟁 후의 '가난', 가난을 극복하고 사회를 재건하기 위한 경제개발과 산업발전의 급진적 속도 등이다. 이것을 "문명의 역기능逆機能"이라고 명명한다면 문명의 역기능에 대한 비판의식이 양쪽 지역의 문단에서 '생태시'라는 유형을 현대시의 경향으로 정착시킨 배경이 되었다.

한국에서 생태시가 형성된 시기는 독일어권 지역에 비해 다소 늦었지만 1960년대 '경제개발계획'의 추진에 따른 급진적 산업화가 가져온 환경오염 현상은 한국 문단의 생태시를 태동시킨 직접적 원인이 되었다. 한국 사회의 이러한 "생태문제"를 "사회문제"[12]로 고발하는 시들이 이미 1960년대부터 문단의 주목을 받기 시작했다. 박두진의 ≪인간밀림≫, 김광섭의 ≪성북동 비둘기≫ 등이 대표적 시집이다.

1970년대 들어 한국 사회 안에서 인간과 자연 사이의 심

---

12) 머레이 북친 지음, ≪사회생태론의 철학≫, 문순홍 옮김, 솔 출판사, 서울, 1997, 234쪽.

각한 불화不和 현상을 낳은 정치적 부조리와 사회적 병리현 상을 구체적으로 인식하는 시들이 숫자를 더해갔다. 이러한 현실인식의 토대 위에서 생명을 가진 모든 것들에게 닥쳐온 생존의 위기상황을 사실적으로 묘사하고 생명의 파괴상황을 해부학 교실의 해부 실습처럼 세밀하게 재생하는 시들이 발 표되었다. 1970년대 이하석, 이건청, 김광규 시인 등의 시를 손꼽을 수 있다. 그러므로 '생태시'라는 장르가 1960년대 한 국 문단에서 박두진, 김광섭 등에 의해 맹아萌芽를 보여준 데 이어 1970년대 이후 현대시의 뚜렷한 경향으로서 부각된 것 은 당대 한국 사회의 생태적 실상에 비추어 당연한 결과라고 말할 수 있다. 문학은 사회의 반영물이기 때문이다. 이러한 사실을 부인할 수 없다면 독일어권 지역의 생태시와 한국의 생태시를 비교하는 작업은 1990년 논문 <독일의 생태시>[13] 가 독문학계와 한국 문단에 소개된 후 긴 시간이 지나지 않 은 시점時點에서 이루어져야만 했다고 판단된다.

생태문제 및 환경문제가 특정 지역을 초월하여 세계적 범

---

13) 이동승, <독일의 생태시>, ≪외국문학≫, 1990 겨울호.

주 속에서 "시"라는 장르에 반영되고 있는 현상을 알리려는 취지, 사회와 문학 간의 긴밀한 상관성을 증명하려는 취지, 독일과 한국 양兩 지역이 갖고 있는 사회적·문화적 특수성을 구별하려는 취지, 양 지역의 생태시에 나타난 테마의 성격과 표현방식의 특징을 탐색하는 가운데 공통점과 차이점을 분석함으로써 동서양의 문학적 경계를 넘나드는 현대시의 '상호문화주의'적 역할을 전망하려는 취지 등. 이러한 취지들을 메타 층위에서 통합할 수 있는 관점을 통하여 양 지역의 생태시를 심층적으로 비교하는 연구작업은 2000년대 이전에 이루어져야만 했다.

그러나 1990년 ≪외국문학≫지에 <독일의 생태시>라는 논문을 발표하여 '생태시'라는 장르를 한국에 처음 소개하였던 학자도, 그리고 1998년 독일어권 지역의 대표적 생태시 선집生態詩選集 ≪직선들의 폭풍우 속에서, 독일의 생태시 1950－1980 *Im Gewitter der Geraden. Deutsche Ökolyrik 1950—1980*≫을 번역하여 출간하였던 필자도 학술연구의 대상을 독일어권 지역의 작품에 한정시켜 왔다. 물론 필자가

2012년 5월 ≪뷔히너와 현대문학≫제38집에 <독일과 한국의 생태시에 나타난 묵시록의 성격과 기능>이라는 논문을 게재함으로써 양 지역의 생태시를 본격적으로 비교하긴 하였으나 '묵시록'이라는 한 가지 언술방식을 비교하는 데 중점을 둔 까닭에 양 지역의 생태시를 총체적으로 비교하는 차원에는 이르지 못했다. 특히 생태시의 정신적 기반이자 가장 중심적인 주제의식이라고 말할 수 있는 생태학적 세계관 또는 생태주의적 패러다임에 대한 분석이 결여되었음을 인정한다.

필자는 이와 같은 선행연구의 한계를 극복하고자 한다. 양 지역의 생태시에서 읽을 수 있는 생태학적 세계관의 성격을 구체적으로 분석하고자 한다. 생태학적 세계관의 특징을 선명히 보여주는 독일어권 지역의 사상가 마르틴 부버의 "관계" 철학을 분석의 렌즈로 삼아 양 지역의 생태시에 깃들어 있는 생태학적 세계관의 공통적 성격을 해석하게 될 것이다. "나"와 "너"의 상호관계를 통하여 인간과 자연 간의 "만남" 및 소통을 강조했던 마르틴 부버의 철학은 양 지역의 생태시를 움직이는 생태학적 세계관의 모델이 되기에 충분한 패러다임을 함의含意하고 있다.

필자는 부버의 철학을 분석의 관점으로 삼아 생태학적 세계관을 상호 비교하는 데 중점을 둘 것이다. 그러나 독자가 오해하지 말아야 할 사항이 있다. 그것은 생태학과 문학 간의 직접적인 연관성을 탐색하려는 것이 글의 취지는 아니라는 점이다. 필자가 강조하는 '생태학적 세계관'은 생태학과 철학 간의 통섭에서 생겨난 '생태철학'을 의미한다. 필자가 지향하는 집필의 궁극적 의도는 독일과 한국의 생태시에서 공통적으로 발견되는 생태철학의 성격과 의미를 추출하여 재생하는 것이다. 물론 양 지역의 생태시에 나타난 현실주의적 자연관自然觀, 역사적·사회적 상황, 표현방식 등에 대해서도 비교하는 작업이 병행될 것이다.

비교 과정에서는 공통적 요소를 부각시키는 데 중점을 두었기 때문에 차이점의 부각이 부족할 수밖에 없다. 차이점의 구체적 분석은 차후 연구과제로 남겨두고자 한다. 또한, 양 지역 생태시의 발생 배경에 관해서는 필자의 논문 <독일과

한국의 생태시에 나타난 묵시록의 성격과 기능>에서 상세히 서술[14]하였기 때문에 이 글에서는 논지 전개상 꼭 필요하다고 판단되는 경우에만 발생 배경을 언급하기로 한다.

필자의 글은 독일과 한국의 생태시에서 발견되는 생태학적 세계관의 공통적 성격을 구체적으로 분석함으로써 특정 문화권의 경계를 넘어 세계 각 지역에 생태학적 세계관을 전파할 수 있는 '문화 미디어'로서의 가능성을 생태시로부터 타진하게 될 것이다.

---

14) 송용구, <독일과 한국의 생태시에 나타난 묵시록의 성격과 기능>, ≪뷔히너와 현대문학≫제38집, 2012 참조.

독일과 한국의 생태시에 나타난
현실주의적 자연관

— 이하석과 한스 카스퍼의 생태시 비교를 중심으로

생태시에서 자연은 사회적 현실의 한 가운데 위치하고 있다.[15] 오염되어 가는 피해자로서의 자연, 피해상황을 몸으로 증언하는 고발자로서의 자연, 병인病因을 인간에게 전이시키는 보복자로서의 자연의 현실적 모습은 독일과 한국의 생태시에서 공통적으로 나타나는 특징이다. 악셀 굿바디Axel Goodbody의 진단과 같이 인간과 자연 간의 관계를 비판적 관

---

15) 송용구, <독일 '생태시'에 나타난 주제의식과 언술방식의 상관성>, ≪카프카연구≫제26집, 2011, 308쪽 참조.

점으로 성찰16)하는 것이 전통적 자연시와는 다른 생태시의 새로운 자연시적 성격17)이다.

1950~60년대 서독의 한스 카스퍼 · 다그마르 닐 · 한스 위르겐 하이제, 1960~70년대 한국의 김광섭 · 이하석 등 소수의 시인들은 양 지역에서 '생태시'라는 장르의 출발점이 되었다. 그들은 독자들의 시각을 충격적인 생태파괴의 현장으로 돌려놓았다. 그들은 자연시의 전통에 익숙해져 있던 독자들의 비현실적 자연관을 현실적 자연관으로 전환하였다. 그들의 시에 등장하는 자연은 정치의 부조리와 사회의 모순으로 인하여 병들어가는 피해자임과 동시에 인간의 잘못된 패러다임을 고발하는 증언자이기도 했다.

1969년 한국의 시인 김광섭은 시집 ≪성북동 비둘기≫의 표제작 <성북동 비둘기>에서 도시개발의 소용돌이에 의해 자연의 생명이 위협받는 현실을 고발하였다. "산"이라는 이

---

16) Vgl. Axel Goodbody, ≪Ökologie und Literatur≫, Amsterdam 1988, S. 25.
17) Vgl. Walter Gebhard, <Naturlyrik. Von Loerke zur Ökolyrik>, in: ≪neun Kapitel Lyrik≫, hrsg. v. Gehard Köpf, München Wien Zürich 1984, S. 71~72.

름의 초록빛 "번지"를 "채석장"에게 빼앗기고 "새파란 하늘"로 "쫓기는"[18] 새들의 반反자연적 실상을 고발하면서 인간과 자연 간의 단절된 관계를 비판하였다. 고발과 비판의 언어 속에 메타퍼가 내포되긴 하였으나 시의 표현방식은 사실적 묘사의 틀을 벗어나지 않았다. "생태위기"[19]의 현실을 독자에게 알리고자 하는 교육적 의도가 강했기 때문이다.

1970년대 한국 문단에서 생태문제를 시의 테마로 승화시킨 선두 주자는 시인 이하석이었다. 그는 "생태위기"의 상황을 세부적으로 묘사하는 대표적 시인이었다. 자연을 소재로 다루는 이하석의 시가 자연시의 전통을 탈피할 수 있었던 이유는 생태계를 파괴하는 정치적 부조리와 사회적 병리현상들을 구체적으로 인식했기 때문이다. <투명한 속>을 비롯한 이하석의 생태시들이 오염된 "흙"과 병드는 생명체들의 몸을 정밀하게 진단하는 청진기의 역할을 할 수 있었던 것도 자연과 사회에 대한 구체적 인식에 힘입은 것이었다.

---

18) 김광섭, 시집 ≪성북동 비둘기≫, 범우사, 1969, 23~25쪽.
19) 머레이 북친, 앞의 책, 244쪽.

유리 부스러기 속으로 찬란한, 선명하고 쓸쓸한

고요한 남빛 그림자 어려온다, 먼지와 녹물로

얼룩진 땅, 쇳조각들 숨은 채 더러는 이리저리 굴러다

닐 때,

버려진 아무것도 더 이상 켕기지 않을 때.

유리 부스러기 흙 속에 깃들여 더욱 투명해지고

더 많은 것들 제 속에 품어 비출 때,

찬란한, 선명하고 쓸쓸한, 고요한 남빛 그림자는

확실히 비쳐온다.

껌종이와 신문지와 비닐의 골짜기,

연탄재 헤치고 봄은 솟아 더욱 확실하게 피어나

제비꽃은 유리 속이든 하늘 속이든 바위 속이든

비쳐 들어간다. 비로소 쇳조각들까지

스스로의 속을 더욱 깊숙이 흙 속으로 열며.[20]

　　　　　　　　　－ 이하석의 <투명한 속>

어디에서든 바로 가지 못하고 비뚤어진

세상에는 온통 부러지고 망가진

길들뿐. 기름과 석탄 사이를 걸어서

---

20) 이하석, <투명한 속>, 시집 ≪투명한 속≫, 문학과지성사, 서울, 1980.
    38쪽.

졸면서 또는 기도하는 몸짓으로
어두운 어깨만의 사람들이 지나갔다. 먼지를 덮어쓴
풀들은 깡통들의 투명한 표정을 감추고 있고,
바람이 나무 등치를 흔들 때, 나무들
쇠 껴안은 붉은 뿌리에서부터 쓸쓸해지고.
머리에 구름과 모래를 인 사람들이
나무 뿌리들이 감춘 물 속으로 그림자 던지며
지나갔다. 그들은 깡통과 비닐을 비껴 흐르는
길들을 찾아다니면서 많은 기름들을 쏟고
깡통들을 풀밭에 던졌다. 그들은 스스로 흩어놓은
것들 때문에 결코 돌아오는 길을
찾지 못하리라.
인간들이 지나간 들판에 버려진 채로
인간을 그리워하는 것들만이 남아
어느덧 신성한 기운에 싸여갈 뿐[21]

　　　　　　　　　　　　　　　　－ 이하석의 <순례 1>

　이하석의 시 <투명한 속>과 <순례 1>은 그의 생태의식
을 보여주는 대표적 시작품이다. "유리 부스러기", "녹물",

---

21) 이하석, <순례 1>, 시선집 ≪고추잠자리≫, 문학과지성사, 서울, 1997.
　　27~28쪽.

"쇳조각들"이 "스스로의 속을 더욱 깊숙이 흙 속으로 열어" 흙의 생명을 병들게 하는 현실상황이 정밀하게 재생되고 있다. 이 시는 군부정권이 주도하는 '경제개발' 계획을 통해 산업발전의 속도를 급진적으로 추진했던 1960년대와 1970년대의 상황을 비추어준다.

기형적 개발의 소용돌이에 휩쓸려 생명의 "길"은 "온통 부러지고 망가질" 수밖에 없었다. 생명을 가진 모든 존재들과 더불어 공동의 행복을 나눠 갖고자 하는, 진정한 사람의 길은 사라져 버렸다. 도무지 "돌아오지" 못하는 길이 되고 말았다. 그렇게 부러지고 망가진 길 위에 서서 이하석의 시는 녹슬어가고, 부서져가고, 썩어가는 생명체들의 안타까운 몸짓을 정밀하게 진단하는 청진기 역할을 맡았다.

"비뚤어진 세상"은 생태위기의 근본적 원인이 되었던 한국 정치의 부조리를 암시하는 메타퍼다. 그 부조리에 대한 시인의 비판의식을 함유하고 있다. 이하석의 시는 한국의 생태계가 얼마나 병들었는가를 정치 및 사회와의 관계 속에서 진단하였다고 말할 수 있다. 그의 시는 한국 시인들의 자연관이 자연시의 전통적 자연관으로부터 상당히 벗어나 있음을 증명하는 모델이다. 유리 부스러기, 녹물, 쇳조각들이 스스로의 속을 더욱 깊숙이 흙 속으로 열어감에 따라 흙의 생명이 쇠약해지고, 흙에서 자라난 "나무들"과 "제비꽃"의 "뿌리"가 쇠의 무게에 짓눌려 녹물의 "붉은" 빛에 물드는 상황이 세부적으로 묘사되고 있다. "시인은 숲으로 가지 못한다"[22]라는 평론가 도정일의 말과 같이 자연은 한국 시인들에게 감흥을 주기 어려울 만큼 질적質的 타락의 길을 걷고 있었던 것이다.

그러나 한국의 생태시에 나타난 자연의 현실상황이 독일의 문단에서는 한국보다 약 20년 앞서 모습을 드러냈다. 1950년대 초반부터 독일어권 지역의 시인들은 자연의 생식능력과 생태계의 자정능력에 대한 불신不信을 직설적 어법으로 표현하였다. 그것은 거의 논픽션에 가까운 증언과 진술이었다고 말할 수 있다.

---

22) 도정일, ≪시인은 숲으로 가지 못한다≫, 민음사, 서울, 1994.

　　1962년부터 시작된 '경제개발 5개년 계획'의 실행으로
한국의 경제와 산업은 비약으로 발전하였다. 그러나 '개
발'과 '발전'만을 꾀하는 성장제일주의 풍조와 정경유착의
부패 구조가 맞물려 한국의 생태계는 망가져갔다. 대기업
의 공장에서 방출한 폐수와 폐유로 인해 오염된 강물에서
집단 폐사한 물고기들.

　　그들 중에서도 한스 카스퍼Hans Kasper의 연작시 <뉴스
Nachricht>를 주목할 필요가 있다. 1957년 슈투트가르트에서
출간된 그의 시집 ≪뉴스와 기사 Nachrichten und Notizen≫에
수록된 이 연작시는 기자의 현장 취재와 보도를 연상시키는

르포Repo의 언술방식을 통하여 생태위기의 실태를 실증함으로써 생생한 현장감을 재생하였다. <뉴스> 중의 한 편인 <보홈>을 읽어보자.

보홈. 우리가 쌓아올린
부富의 연기가
공기를
오염시킨다.
해마다 사람의 폐 속엔
세 톤씩
매연이 쌓인다.
그러나 생산의 수치數値밖에 모르는
전자형電子形 두뇌는
한 치의 오차도 없이
증명해 내리라.
죽은 자들은
숨을 잘못 쉬었으며,
더욱 잘못된 것은
지나치게
숨을 몰아 쉬었기 때문이라고.

BOCHUM. Die Dünste

unseres Reichtums

vergiften

die Luft.

Pro Lunge und Jahr

drei Tonnen

Ruß.

Aber die

Elektronengehirne

der Produktionskalkulation

werden

unfehlbar

nachweisen,

daß die Verstorbenen

falsch

und vor allem viel

zuviel

geatmet haben.[23]

    — 한스 카스퍼의 <보훔Bochum>

---

23) Hans Kasper, <Bochum>, in: ≪Im Gewitter der Geraden. Deutsche
    Ökolyrik 1950—1980≫, hrsg. v. P. C. Mayer—Tasch, München 1981, S. 35.

"공기"는 모든 생물들에게 숨결을 불어넣는 생명의 근원이다. 그러나 "생산의 수치밖에 모르는" 자본주의 사회의 메커니즘은 "공기"의 근원적 생명력을 "오염시킨다". 자본주의 사회를 움직이는 '성장제일주의' 풍조는 인간을 기계로 둔갑시킨다. 인격을 가진 개인을 "부富"를 쌓기 위한 부품으로 전락시킨다.

사회생태주의social ecology 사상을 제시한 미국의 생태철학자 머레이 북친Murray Bookchin의 말처럼 인간을 자본의 도구로 이용하는 현실 속에서는 자연조차도 "부"를 위한 도구로 이용당하게 마련이다. "전자형電子形 두뇌"만을 요구하는 조직사회 속에서 인간이 주변 세계를 돌아볼 여유를 갖는 것은 사치스러운 일로 매도당하기 쉽고, 냉혹한 경쟁의 대열에서 스스로를 낙오시키는 구실을 제공하기도 한다. 인간을 포함하여 생명을 가진 모든 생물은 "생산의 수치數値"라는 목표를 달성하기 위해 "한 치의 오차도 없이" 도구로써 기능해야 하는 것이다. 자본주의 사회가 안고 있는 이러한 물신주의 풍조가 "공기"를 오염시키는 주요 원인이 되었다. 그럼에도 대기

오염에 따른 인체의 손상과 생명의 위기상황을 공동의 사회 문제가 아닌 개인의 사적私的 문제로 축소시키는 자본주의 사회의 반윤리적反倫理的 횡포가 시인의 비판을 받고 있다.

2011년 하늘에서 내려다본 '보훔'.
대기오염의 진통을 이겨내고
녹색친화적 도시로 거듭난 모습이다.

이하석과 한스 카스퍼의 생태시에서 공통적으로 발견되는 자연관이 있다. 현실주의적 자연관 또는 비판적 자연관이다. 그것은 자연과 사회를 통합적 연관체계 속에서 바라보는 시인들의 현실인식을 반영하고 있다. 빌헬름 레만Wilhelm Lehmann 등으로 대표되는 마술적 자연시파自然詩派의 시에서 나타나는 자연의 모습은 사회 바깥에 있는 세계이지만, 생태시에서 만나는 자연은 인간과 함께 사회를 형성하는 사회적 파트너다. 자연과 사회 간의 연관 시스템을 인식하고 있는 것이 마술적 자연시파의 비현실적 자연관과 뚜렷이 구별되는 생태시의 현실주의적 자연관이다. 자연을 체험하는 시인들의 정신세계 안에서 언제나 자연인식과 사회의식이 공존하고 있다고 말할 수 있다.

자연체험 및 자연인식 속에서 갖게 되는 시인의 사회의식이란 무엇일까? 그것은 "잿빛 지대Grauzone"[24]로 변해가는 자연의 실상이 사회의 부조리와 어떻게 관련되어 있는지를 파악하고 있음을 의미한다. 물, 공기, 흙을 오염시키며 나무, 꽃, 새를 병들게 하는 원인들이 사회 안에 내재하고 있음을 인식

---

24) Durs Grünbein, ≪Grauzone morgens≫, Frankfurt am Main 1988, S. 10.

함과 동시에 그 원인들을 구체적으로 규명하는 것이 곧 생태시에서 나타나는 시인의 사회의식이다. 생태시는 이러한 사회의식을 독자에게 각성시키고 사회개혁의 동기를 유발하려는 교육적 의도 또는 "정치적 의도die politische Intention"[25]를 갖고 있다. 이 정치적 의도를 실현하기 위해서는 기존의 자연시에서 사용해왔던 전통적 시어詩語의 시스템을 바꿀 필요가 있다.

독일과 한국, 양 지역의 시인들은 독자의 현실적 자연관과 사회의식을 일깨우기 위한 매체로서 어떤 유형의 시어를 사용하고 있는가? 제Ⅲ장에서는 한스 크리스토프 부흐Hans Christoph Buch와 고형렬의 시를 비교함으로써 생태시의 시어가 갖는 반反예술적 성격과 기능을 분석해본다.

---

25) P. C. Mayer — Tasch, a.a.O., S. 13.

III.

독일과 한국의 생태시에 나타난
반反예술적 시어

— 한스 크리스토프 부흐와 고형렬의
생태시 비교를 중심으로

시인 한스 크리스토프 부흐(1944 – 현존)

(⋯) 1952년 런던 상공에 하얗게 피어오른 구름떼가

불과 일주일만에 성인 4000여명의 목숨을 앗아간 뒤,

그 구름떼는 이름을 얻게 되었다: 스모그,

이것은 스모크(연기)와 포그(안개)를 합쳐놓은 이름이다

(화학적으로 설명하자면 이산화황과 질산이 결합된 물

질로서 햇빛에 민감하게 반응한다: 흔히 광화학 스모그라

고도 한다)

1976년 히로시마와 나가사키에서

2200여명이 죽어갔다. 1945년 원폭피해의

후유증 때문이었다. 1950년대에 이어진 핵실험의 희생

자들은

(유산된 아기들과 기형아들을 제외하고서도)

전 세계에 걸쳐 수십만이 넘는 것으로 추산된다.

그 이후 북극의 빙벽에서는

방사능이 현저히 증가하여

앞날을 불안하게 하였다.

(특히 에스키모들과 유럽 북단의 라플란드 사람들이 위

험에 처했다.

왜냐하면 그들은 순록의 고기를 먹고 살고,

순록은 이끼를 먹고 살며,

이끼는 대기大氣에서 영양분을 섭취하기 때문이다.)

1964년 전투 편대의 한 비행기가
노스 다코타 주州 상공에서 폭탄 두 개를 분실하였다
히로시마 원자탄의 파괴력을 1000배 능가하는 폭탄이
었다.
자동 점화장치를 제어하기 위해 마련된
4중 안전 시스템은
세 번이나 말을 듣지 않았다. 어느 날 아침
노스 다코타 주州 먼데인 회사의 우유에서
갑자기 방사능 냄새가 나기 시작했다.

샌프란시스코 해안에서 30마일 떨어진
태평양 밑바닥엔
방사성 폐기물을 담은 통들이 쌓여있다.
1945년 이후 미국 원자력 위원회가 이곳 태평양에
통들을 가라앉힌 것이다. 구멍난 다수의 폐기통에서
방사능이 새어 나왔다.
미 해군 잠수부가 어느 하나의 폐기통 위에서
어마어마한 해면海綿을 발견하였는데,
그 잠수부는 해면을 물 위로 끌어올리려 시도하다가

그만 상어떼에 잡아먹히고 말았다.

이 글은 결코 시詩가 아니다. 26)

(…) Nachdem die weisse Wolke 1952 in London
innerhalb von einer Woche 4000 meist ältere Menschen
getötet hatte,
bekam sie einen Namen: SMOG,
von *Smoke* plus *Fog* (chemisch gesprochen
handelt es sich um eine Verbindung von
Schwefeldioxyd mit Nitrogensäuren, die
auf Sonnenlicht reagiert: *photochemical Smog*) —

1976 starben in Hiroshima und Nagasaki
2200 Menschen an den Folgen der Atombomben
von 1945. Die Opfer der Nukleartests in den 50er Jahren
werden weltweit auf mehrere Hunderttausend geschätzt
(Missgeburten und Erbschäden nicht mit gerechnet).
Im ewigen Eis der Arktis ist seitdem

---

26) 송용구, ≪직선들의 폭풍우 속에서. 독일의 생태시 1950－1980≫,
시문학사, 1998, 70~72쪽.

eine besorgniserregende Zunahme der Radioaktivität

zu verzeichnen

(Lappen und Eskimos sind besonders gefährdet

weil sie vom Fleisch der Rentiere leben

die von Flechten leben/ die ihre Nahrung aus der Luft

beziehen.

1964 verlor ein Flugzeug der strategischen Luftflotte

über Nord — Dakota zwei Bomben

mit der 1000fachen Sprengkraft der Hiroshima — Bombe.

Das vierfache Sicherheitssystem

zur Verhinderung des automatischen Zündmechanismus

versagte dreimal. Eines Morgens

schmeckte die Milch in Mandan, Nord Dakota plötzlich

radioaktiv.

Auf dem Grund des Pazifischen Ozeans,

30 Seemeilen vor der Küste von San Francisco

lagern Giftfässer mit radioaktivem Abfall

die die US — Atomenergiebehörde hier seit 1945

ins Meer versenkt hat. Viele Fässer sind leck.

Auf einem von ihnen haben Taucher der US — Marine

vor kurzem einen überdimensionalen Schwamm entdeckt

der beim Versuch, ihn an die Oberfläche zu bringen

von Haien gefressen wurde

Dies ist kein Gedicht.[27]

　－ 한스 크리스토프 부흐의 <베리 카머너를 위한 시

　　　　아닌 글 Kein Gedicht für Barry Commoner>

　독일 시인 한스 크리스토프 부흐의 <베리 카머너를 위한
시 아닌 글>은 다큐멘터리를 차용한 논픽션 형식의 생태시
다. 그가 작품 제목을 "시 아닌 글"이라고 밝혔듯이 이 작품
의 표현방식은 의도적으로 시의 예술성과 미학을 부정하고
있다. 1945년 이후 지구 곳곳에서 전개된 환경파괴의 역사
를 기록물의 형태로 고발하고 있기 때문이다. 고발을 통하여
생태문제를 지구촌의 사회문제로 부각시켰고, 전세계인의

---

27) Hans－Christoph Buch, <Kein Gedicht für Barry Commoner>, in:
　　≪Im Gewitter der Geraden. Deutsche Ökolyrik1950－1980≫, hrsg..
　　v. P. C. Mayer－Tasch, München 1981, S. 145~146.

공동 대처를 호소하고 있다는 점에서 부흐의 <시 아닌 글>
은 그의 사회비평 정신이 낳은 문학적 산물이다.

'문학적 산물'이라는 견해에 대해서는 반론이 제기될 수
있다. 이 작품에서 외관상으로 확인할 수 있는 시어는 논픽
션을 벗어나지 않기 때문이다. 대기 오염, 원폭 피해, 방사능
오염 사건이 발생 연도 및 통계 수치와 함께 정확히 재생되
고 있다. "시 아닌 글"이라는 제목을 붙인 이유가 더욱 분명
해진다. 그러나 논픽션 속에 담겨있는 시인의 문학적 의도를
간과할 수 없다. 마지막 시행詩行의 "이 글은 결코 시가 아니
다"라는 화자의 독백은 반어적 표현이다. 생태위기로 인하
여 세계 곳곳에서 재앙이 속출하고 있는 현실을 마주 대하는
모든 작가들이 이제는 더 이상 예술지상주의에 집착할 수 없
다는 반성적 시론反省的 詩論을 단 하나의 문장으로 표현한 것
이다.

"이 글은 결코 시가 아니다"라는 부흐의 발언은 생태문제
에 대한 작가들의 소명의식을 일깨우는 참여문학적 선언이
다. '언어'라는 청진기를 통해 자연의 병든 몸을 진단하고 자

연을 치유하는 것을 가장 중요한 사회문제로 부각시켜야 한다는 소명을 촉구하고 있는 것이다. 이러한 소명 속에는 인류의 멸망과 생물의 멸종을 경고하는 문학적 선지자의 역할이 포함되어 있다. 현대의 작가들이 '생태위기'라는 사회문제를 해결하는 데 기여하기 위해서는 환경오염과 생태파괴의 실상을 가공 없이 재생하고 고발해야 할 책임이 있다는 것이다.

시를 비롯한 문학작품들이 전통적 예술관에 집착하여 '예술을 위한 예술'만을 고수하려 든다면 우려되는 현상은 무엇일까? 언어 속에 예술적 기교가 반영될수록 생태위기의 실상을 정확히 알리지 못할 뿐만 아니라 독자의 비판의식을 이끌어내기도 어렵다는 것이 부흐의 견해로 읽혀진다. 기록과 고발의 표현방식을 사용한 이유가 분명해진다.

독일 시인 한스 크리스토프 부흐의 <베리 카머너를 위한 시 아닌 글>은 논픽션과 픽션 간의 경계를 허무는 참여문학의 모델이다. 자연을 소재로 다루어왔던 독일의 자연시가 1950년대 이후 시의 주제의식뿐만 아니라 시의 표현방식에서도 전면적으로 변화가 일어났음을 확인할 수 있다. 시어의 이러한 전면적 변화 양상은 1990년대 한국 시인들의 작품에서도 자주 발견되는 현상이다. 시어의 측면에서 고형렬 시인의 <한강 下水>를 부흐의 시와 비교해보자.

> 한강은 거대한 하수구이다
> 저 팔당 아래에서부터
> 저 아래 성산다리 행주다리까지는
> 드넓은 쓰레기의 강이다
>
> 한강은 강이 아니다
> 그저 우리들의 오물을 실어나르는
> 콘베이어 벨트다
> 잠실에서 난지도까지는
>
> 한강은 죽었다
> 그것은 내장이다 죽어서도 우리들의
> 삶을 옮겨다주는 물체다
> 눈 먼 마음이다

복개하지 않은 거대한 하수구
한강은 흐르고
한강은 멈추지 않아도
서울에 와서 죽는다.[28]

　　　　　　　　　　　－ 고형렬의 <한강 下水>

　고형렬의 시 <한강 下水>에 나타난 "한강"은 과거의
"강"이 아니다. 수많은 시인들에 의해 생명의 젖줄로 칭송을
받아왔던 한강은 "이 글은 시가 아니다"라는 부흐의 강조처
럼 더 이상 시적詩的 예찬을 받을 수 없다. 강은 "오물"과 "쓰
레기"를 실어 나르는 "콘베이어 벨트"로 변하였다.

　독일 시인 한스 크리스토프 부흐는 "스모그"에 의한 대기
오염과 핵核방사능에 의한 대양 오염의 현실을 고발하였지
만 한국의 고형렬 시인은 이 오염의 근본적 원인을 고발하고
있다. 강을 죽음의 "하수구"로 타락시킨 오물의 핵核이 무엇
인지를 규명하여 폭로하고 있다. 그 오물의 핵은 현대인들의
탐욕이다. 자연을 타락시키고 사회를 병들게 하는 핵심적 원

---

28) 고형렬, 「한강 下水」, 『마당식사가 그립다』, 고려원, 1995, 102쪽.

인으로 인간의 물질주의적 욕망을 고발하고 있는 것이다. "한강은 멈추지 않아도 서울에 와서 죽는다"라는 화자의 발언은 자연의 보복 앞에 무방비 상태로 노출된 인간의 현실을 증언한다.

한스 크리스토프 부흐의 생태시와 고형렬의 생태시에서는 표현방식의 차이점이 발견되고 있다. 부흐의 시는 다큐멘터리 형식의 직설적 어법을 사용하였지만 고형렬의 시는 "콘베이어 벨트", "거대한 하수구" 등 실제적 사물을 메타퍼로 전용轉用하였다는 점이다. 그러나 부흐와 고형렬의 생태시에서 표현방식의 차이점보다는 공통점이 더 많이 발견된다. 그것은 곧 '목격자의 언어', '증인의 언어', '진술자의 언어', '고발자의 언어'라는 점이다. 한스 카스퍼와 이하석의 생태시에서도 선명히 드러났던 시어의 특징이다.

20세기 중반 이후 독일과 한국, 양 지역에서 생태문제를 소재로 다룬 시작품들이 위의 작품 4편처럼 표현방식의 공통점을 공유할 수밖에 없는 이유는 무엇일까? 그것은 생태 위기의 현실을 목격, 증언, 진술, 고발하는 시인들이 인간과 자연 간의 관계를 사회로부터 분리하여 바라보지 않고 사회적 현실의 차원에서 바라보고 있기 때문이다. 즉 자연시의 전통 속에서 분리되어 왔던 시인의 자연인식과 사회의식이 생태문제를 매개로 하여 현실주의적 차원에서 통합을 이루는 '자연관의 변혁'이 일어났기 때문이다.

한스 카스퍼, 이하석, 한스 크리스토프 부흐, 고형렬의 작품 비교를 통해 드러난 생태시의 시어는 자연과 정치, 자연과 사회를 개별적으로 분리하여 묘사하는 자연시의 전통적 표현방식을 부정하고 극복한다. 기술문명의 급격한 발전이 불러일으킨 사회구조의 변화가 자연의 안위安危와 자연의 질質에 끼치는 물리적 영향을 사실적으로 표현하지 않는다면 공동체의 현실을 은폐하거나 사회의 부조리를 호도할 수 있는 위험성이 예상되기 때문이다. 자연의 고통, 인체의 손상, 생명의 위기 등 생태계의 현실을 예술적 가공 없이 독자들에게 직접 중개할 때에 비로소 독자들의 생태의식과 사회의식을 함께 일깨울 수 있다고 확신했던 것이다.

한스 카스퍼, 이하석, 한스 크리스토프 부흐, 고형렬 등 생태문제를 사회문제로 부각시킨 독일과 한국의 시인들은 은유, 상징, 수사, 리듬, 운율 등의 예술적 기교를 절제하고 있다. 극極사실주의적 표현방식이 두드러진다. 자연의 실상이 은폐되거나 미화되는 것을 막기 위한 교육적 의도가 다분히 작용하고 있다.29)

　양 지역의 시인들은 사회가 안고 있는 모순과 병리현상들을 자연을 통하여 독자에게 인식시키려는 의도를 갖고 있다. 그런 까닭에 자연의 실상을 은폐하거나 미화한다는 것은 그들의 입장에서는 사회적 현실을 호도하는 것이나 다름없다. 문학작품이 일으킬 수 있는 이러한 사회적 역기능을 막기 위하여 1950년대 이후 독일어권 생태시와 1970년대 이후 한국의 생태시에서는 자연풍경을 아름답게 꾸며주는 수사적 장치와 한정적 문장의 사용을 절제하고 명사와 동사를 위주로 간단명료한 서술형의 문장을 사용하였다.

　"시 아닌 글"처럼 읽히는 반反예술적 시어의 시스템을 시도하지 않는다면 생태위기의 사회적 원인들에 대하여 독자

---

29) Vgl. Walter Gebhard, a.a.O., S. 74.

의 비판의식을 일깨울 수 없다고 판단하였기 때문이다. 생태 문제를 사회문제로 부각시키는 모든 문학작품이 환경보호 운동을 비롯한 대중의 사회운동에 실천적 영향을 줄 수 있는 가능성은 시어를 예술과 미학에 종속시키지 않는 극極사실 주의적 표현방식의 수용에 달려 있다고 판단하였기 때문이다. 이와 같이 시어의 시스템이 전면적으로 변화한 것은 자연관의 변화에 따른 자연스러운 문학적 현상이었다.

한스 카스퍼의 <보홈>에 나타난 1950년대 서독의 현실 상황, 한스 크리스토프 부흐의 <시 아닌 글>에 나타난 20 세기의 세계적 현실상황에 비추어볼 때, 마술적 자연시파die naturmagische Schule[30])의 문학적 유물로서 20세기 중반까지 유전되어왔던 비현실적·비정치적 자연관은 변화할 수밖에 없었다. 1950년대 한스 카스퍼를 비롯한 서독 시인들의 현실적 자연관과 비판적 현실관은 기존의 자연시에서 계승되어 왔던 전통적 테마를 변화시켰다.[31])

---

30) Fritz Minde, <Bobrowskis Lyrik und die Lyrik der naturmagischen Schule>, in: ≪Johannes Bobrowskis Lyrik und Tradition≫, Frankfurt am Main 1981, S. 7.

테마의 변화는 인간과 자연 간의 '관계 변화'에서부터 시작되었다. 기존의 자연시 안에서 자연은 '시인'이라는 시적 주체詩的 主體의 객체이자 변용變容의 대상이었지만 생태시 안에서 자연은 '시인'이라는 개인의 사회적 동반자이자 독립적 존재로서 시인과 수평적 관계를 이루고 있다. 그런데, 자연과의 관계에 대한 패러다임의 변화는 독일과 한국의 생태시에서 나타나는 공통적 현상이었다. 양 지역의 시인들은 시적 주체의 절대화를 거부하고 스스로를 공동체의 일원으로 인식하였다. 이때, 그들이 바라보는 공동체는 자연과 인간이 공생共生하는 사회를 의미하였다.

그들은 자연과의 유기적 연관 속에서 자연과 함께 사회를 가꾸어나가는 파트너십을 자각하였다. 그들은 나무, 꽃, 새 등 자연의 개별적 생명체들을 독립적 존재로서 존중하고, 자연과 인간의 차이를 인식하는 단계로 나아가게 된다. 이와 같은 패러다임의 변화 과정을 통하여 자연과의 동등한 수평

---

31) 송용구, <독일 '생태시'에 나타난 주제의식과 언술방식의 상관성>, ≪카프카연구≫ 제26집, 2011, 309쪽 참조.

관계를 회복하고 사회적 현실과의 연관 속에서 자연의 위상을 재정립하였다.[32] 생태학적 세계관 또는 생태주의의 단계로 테마의 발전을 이루게 된 것이다.

글의 중심인 IV장에서는 생태학적 세계관의 선명한 모델이 되었던 마르틴 부버Martin Buber의 "관계" 철학을 분석의 관점으로 삼아 독일시와 한국시에서 공통적으로 발견되는 생태학적 세계관과 '생명 중심'의 철학적 의미를 분석하고자 한다. 양 지역의 생태시에서 가장 큰 공통분모로 나타나는, 가장 포괄적인 테마를 "생태 담론"[33]으로 풀어내고자 한다.

---

32) 같은 논문, 313쪽 참조.

"시적 주체 안에 고립되는 것을 거부하면서 스스로를 공동체의 일원이자 '자연'의 일부분으로 인식하는 시인들이 늘어 갔다. 그들은 자신들의 주관적 관념 속에 가두어놓았던 '자연'을 해방하고 '자연'을 독립적 세계로 바라보면서 '자연'과의 동등한 수평관계를 회복해나갔다. 그들은 '자연'을 사회의 바깥에 존재하는 이질적 대상으로 바라본 것이 아니라 인간과 함께 사회를 구성하는 '상호의존'의 파트너로 받아들였다."

33) 문순홍, ≪생태학의 담론≫, 솔출판사, 서울 1999, 35~36쪽.

IV

독일과 한국의 생태시에 나타난
생태학적 세계관

— 마르틴 부버의 "관계" 철학과의 접점을 통해 바라본 한스
위르겐 하이제, 최영철, 이준관, 발터 휄레러, 페터 쉬트의
생태시 그리고 그들의 생태학적 세계관

알빈 필Alwin Fill이 강조한 것처럼 생태학적 세계관은 "큰
것에 비해 작은 것을 우대하고 힘의 계속적인 팽창이 약한
것의 희생을 야기시키는 것에 대항하는"[34] 패러다임이다.
그러므로 생태학적 세계관을 가진 자들은 자연을 인간보다
하위에 두고 지배의 대상으로 삼는 일종의 '인간중심주의'를
비판한다.

---

34) 알빈 필, ≪생태 언어학/Ökolinguistik. Eine Einführung≫, 박육현 옮
김, 한국문화사, 1999, 12쪽.

인간이 "주체의 자기확대 과정"[35]을 통하여 "자연의 인간"을 망각하고 "인간의 자연"만을 생각하게 된[36], 이른바 '인간중심주의'의 판단 기준은 무엇인가? 인간에게는 이성理性이 있고, 자연에게는 이성이 없다는 것이다. 그러나 생태학적 세계관에 따르면 이성은 인간과 자연 사이의 우열을 결정하는 척도가 될 수 없다. 이성은 인간에게만 있는 고유한 속성이지만 인간이 갖지 못한 자연의 고유한 속성 또한 인정해야 한다는 것이 생태학적 세계관의 판단 기준이다. 인간에게 물질적 자원과 정서적 요소를 공급하는 것은 자연만이 갖고 있는 고유한 속성, 능력, 역할이다.

생태학적 세계관에 따르면 인간은 자연으로부터 많은 혜택을 부여받고 있다. 이 '혜택'에 대한 보답으로 마땅히 자연의 생식능력과 자정능력을 보호해주는 것이 인간의 이성적 판단에 따른 고유한 역할이다. 이성을 자연에 대한 우위의 절대조건으로 믿어왔던 '이성만능주의'적 패러다임을 극복하고 자연과 인간의 상생相生을 모색하는 것이 진정한 이성

---

35) 구승회, 『생태철학과 환경윤리』, 동국대학교 출판부, 2001, 21쪽.
36) 같은 책, 22쪽.

의 길이다. 이러한 주장은 인간과 자연의 차이를 인정함으로써 차등의식을 극복하고 상호의존相互依存의 관계로 접어들 수 있는 가능성을 시사한다.

결국, 생태학적 세계관 또는 생태주의는 자연에 대한 고정관념을 낳았던 이성만능주의와 인간중심주의를 극복하고 '생명 중심'의 패러다임을 인간의 생활윤리로 정착시키려는 일종의 철학이라고 말할 수 있다.[37] 이러한 생태학적 세계관에 토대를 둔 생명 중심의 생활방식을 "생태문화"라고 말한다면, 생태문화는 한 사람, 한 송이 꽃, 한 그루 나무, 한 자락 풀 등 모든 종種의 독립성, 개별성, 고유성을 인정하는 가운데 인간과 자연 사이의 동등한 수평적 관계를 추구한다.

---

37) 송용구, <생태주의 관점에서 바라본 문화적 상호의존 관계와 제2외국어 교육>, ≪카프카 연구≫제16집, 한국카프카학회, 2006. 121쪽 참조. "'생태주의'는 생태계의 자연법칙과 다르게 인식되어야 한다. 생태계의 자연법칙은 약육강식 혹은 적자생존의 법칙과 공생(共生) 혹은 상생(相生)의 법칙으로 나눌 수 있다. 이 두 가지의 자연법칙 가운데 하나의 종(種)과 다른 종(種)이 상호의존 관계를 통해 생명을 보존해나가는 상생의 법칙을 인간과 자연 간의 상호의존 관계로 전용(轉用)하자는 이성적(理性的) 요청이 '생태주의'이다. '생태주의'는 이성적 판단과 성찰을 통해 자연과 인간의 관계를 재정립한 철학인 것이다."

나무도 사람에게 만남의 상대방이 될 수 있고, 새도 사람과 대화의 파트너가 될 수 있다.

자연과의 동등한 수평적 관계를 추구한다는 점에서 생태학적 세계관은 오스트리아 출신의 유태계 철학자 마르틴 부버의 사상과 의미의 접점을 갖는다. 부버는 자신의 대표적 저서 ≪나와 너 Ich und Du≫에서 "나무 ein Baum"38)를 "그것 es"39)이나 "대상 Gegenstand"40)으로 규정하지 말고 나무를 "너"41)라는 독립적 존재로 받아들일 것을 주장하였다.42)

부버의 사상에 따르면 자연은 인간의 소유물이나 부속물이 아니다. 자연은 "나"와 더불어 살아가는43) "너"다.44) 인간으로서의 나와 자연으로서의 너는 존재양식存在樣式, 역할, 능력에 있어서 "차이 Anderssein"45)가 있다. 이 차이를 존중할

---

38) Martin Buber, ≪Ich und Du≫, Heidelberg 1974, S. 13~14, 31.
39) Ebd., S. 14.
40) Ebd., S. 10, 13.
41) Ebd., S. 15~16.
42) 마르틴 부버, ≪나와 너≫, 표재명 옮김, 문예출판사, 서울, 1977, 13~14쪽 참조.
43) Vgl. Martin Buber, a.a.O., S. 12. "das Leben mit der Natur"
44) Vgl. Ebd., S. 30~33.

때에 나와 너는 "상호관계"46)를 맺게 된다. 나무로부터 '산소'라는 물리적 도움과 '종이'라는 문화적 도움을 받는 것처럼 자연인 너의 능력을 통하여 수많은 도움을 받는 나의 상황을 부인할 수 없기 때문에 나의 "온 존재를 기울여 mit dem ganzen Wesen"47) 너를 도울 수 있게 된다.

자연에게서 물질적 자원과 정서적 평안을 얻으므로 인간의 생명을 지탱할 수 있는 것처럼 자연에 대한 보답으로써 인간의 온 존재를 기울여 자연을 보살피는 생활방식. 이러한 생활방식이 곧 양자의 상호관계를 형성한다. 나와 너의 상호관계를 인간관계에 제한하지 않고 인간과 자연 간의 상호관계로 확대하였던 마르틴 부버의 사상은 생태학적 세계관의 적절한 모델이다.

그런데, 인간으로서의 나와 자연으로서의 너가 만나서 서로의 상호관계를 통하여 "함께 형성하고 Er(Baum) hat mit mir zu

---

45) Gerhard Wehr, ≪Martin Buber≫, Reinbek bei Hamburg 1968, S. 17.
46) Martin Buber, a.a.O., S. 14.
    "Beziehung ist Gegenseitigkeit". 부버는 "관계"의 상호성을 나타내는 명칭으로 "gegenseitig"와 "wechsel"을 사용하고 있다.
47) Ebd., S. 9.

schaffen"48) 함께 가꾸어가는 사회, 즉 생태사회의 비전이 독일과 한국의 생태시에서 자주 발견되고 있다. 이하석과 한스 카스퍼의 생태시에서 볼 수 있었던 극極사실주의적 단계를 뛰어넘어 이상주의를 표방하는 생태시의 또 다른 면모를 확인할 수 있다. 현실인식을 바탕으로 현실극복의 과정을 거쳐 미래의 대안사회로 나아가려는 진보적 지향성을 독일과 한국의 생태시에서 공통적으로 발견할 수 있다. 인간과 자연 간의 수평적 상호관계를 추구하는 생태학적 세계관을 선명히 보여주는 한스 위르겐 하이제Hans Jürgen Heise의 시를 만나보자.

> 야생초야
> 모든 사람들이
> 장미만을 사랑스러워하는
> 이 시대에
> 나는
> 너를 보살피는 산지기가 될 거야.

---

48) Ebd., S. 14.

Unkraut

ich will dein Gärtner sein

in diesen Zeiten

da alle

die Rosen hätscheln [49)]

　　　－ 한스 위르겐 하이제의 <약속 Versprechen>

시인 한스 위르겐 하이제(1930~2013)

---

49) Hans Jürgen Heise, <Versprechen>, in: ≪Im Gewitter der Geraden. Deutsche Ökolyrik 1950 － 1980≫, hrsg. v. Peter Cornelius Mayer－Tasch, München 1981, S. 56.

1959년에 발표된 한스 위르겐 하이제의 시 <약속>에서 생태시의 정신적 기반인 생태학적 세계관을 읽을 수 있다. 시의 화자는 들판에서 거칠게 자라난 "야생초"를 "너"라고 부르며 너와의 동거同居를 "약속"하고 있다. 자연과 인간의 "만남 Begegnung"[50], 너와 나의 만남을 통하여 양자의 상호관계를 추구했던 마르틴 부버의 패러다임과 다르지 않다. 시의 화자가 다짐하는 약속은 모든 생물이 "생명을 잇고 꽃피울 동등한 권리"를 갖고 있다는 생명권生命權의 "평등"[51]을 옹

---

50) Martin Buber, a.a.O., S. 18.
51) 구승회, 앞의 책, 105쪽.
    구승회는 노르웨이 철학자이자 '심층생태론(deep ecology)'자인 아르네 네스(Arne Naess)의 "생물권 평등주의"를 소개하고 있다. 심층생태론은 자연에 대한 인간의, 이성의, 문명의 개입과 간섭을 전면적으로 부정한다. 인간을 자연을 파괴하는 암적인 존재로 바라보며, 이성과 문명을 암적인 힘으로 규정한다. 자연과 인간 혹은 자연과 문명의 관계를 극단적 대립관계로 설정하고 있다. 심층생태론을 주장하는 학자들조차도 문명사회에서 살고 있고, 학문 연구와 학술 심포지움 등의 이성적, 문명적 활동을 하고 있는 문명인임을 부인할 수 없기 때문에 '심층생태론'은 비현실성과 모순을 지닌 이론임에 분명하다. 그러나 네스가 제시한 '생물권 평등주의'만큼은 종(種)의 독립적 존재가치를 옹호하고 '생명'을 유지할 권한을 모든 종의 고유 권한으로 인정한다

호한다. 그는 이러한 생태학적 세계관에 의해 인간과 자연 간의 관계를 수직적 상하관계에서 수평적 상호관계로 돌려 놓고 있다.

그는 야생초를 비롯한 모든 동식물이 '생명'을 갖고 있다는 사실만으로도 인간과 동등한 존재가치를 지닌다는 것을 암시하고 있다. 그에게 있어서 생물의 존재가치를 측량할 수 있는 척도는 인간의 이성, 언어, 문명 등이 아니다. 생물의 존재가치를 판단할 수 있는 유일무이한 잣대는 '생명' 그 자체일 뿐이다. 생명을 가진 모든 독립적 개체들의 평등을 존중하는 독일 시인의 생태학적 세계관을 읽을 수 있다. 이러한 생태학적 세계관은 한국시 안에 어떻게 용해되어 있는가? 2006년에 발표된 최영철의 시 <오후 두 시>를 만나보자.

> 한 상 차려 놓은 늦은 밥상에 날아든 파리 한 마리
> 생선 나물 밥 차례대로 찍어 맛보다가
> 제 식성에 맞지 않는지 푸르르 날아가버린다

는 점에서 현대의 생태위기를 극복하는 데 도움을 줄 수 있는 생태학적 패러다임이다.

모처럼 찾아온 손님이 마다하고 간 밥상

한동안의 적요가 만든 일직선을 따라

허공을 가르며 햇살 고속도로가 뚫렸다

그걸 타고 제일 먼저 도착한 먼지 알갱이들

잘 왔다

이리 와 앉아 수저를 들어라.52)

                                             − 최영철의 <오후 두 시>

  한스 위르겐 하이제의 시 <약속>과 최영철의 시 <오후 두 시>는 문화권의 경계를 허물고 반세기의 시대적 차이마저도 뛰어넘는 공통적 요소를 갖고 있다. 두 작품을 움직이는 정신적 원소元素는 생태학적 세계관이다. 더욱이 마르틴 부버가 말했던 "나와 너"의 "상호관계"라는 관점으로 바라본다면 최영철의 시와 하이제의 시 사이엔 정신적 접점이 뚜렷해진다. 하이제의 시에서 화자가 야생초를 "너"라고 불렀듯이 최영철의 시에 등장하는 "파리"도 화자에 의해 "너"라는 독립적 존재로서 존중받고 있다. 파리가 인격체는 아니라

---

52) 최영철, 시 <오후 두 시>, 시집 ≪호루라기≫중에서, 문학과지성사, 서울, 2006, 114쪽.

고 해도, 비록 "너"라는 호칭이 직접적으로 언급되지는 않았다고 해도 파리는 야생초와 같이 생명을 가진 존재인 까닭에 "너"의 위치로 존재의 층위層位가 상승하고 있다. 미물로 천대받던 파리조차도 시인의 "밥상"에 앉으면 시인의 "손님"이 될 수 있다. 인간인 나와 수평적 상호관계를 맺는 너가 될 수 있다.

생명을 갖고 있는 모든 생물을 차별 없이 초청할 수 있는 시인의 밥상은 인간 상호 간의 평등을 종種들 간의 평등으로 확대하고 있다. 시 속에서 열리는 "햇살 고속도로"는 평등의 길이다. 고속도로의 휴게소인 시인의 밥상은 평등의 세계다. 이곳은 인종, 종족, 문화권, 권력, 명예, 지위의 차등을 뛰어넘어 모든 인간을 형제와 자매로 맞아들이는 사회다. 이곳은 하늘과 대지로부터 부여받은 '생명'의 이름으로 모든 생물을 가족처럼 품어 안는 생태사회다. 이러한 생태사회를 향한 전망과 동경이 독일의 문단에서는 ─ 하이제의 시와 같이 ─ 1950년대 후반과 1960년대 초반에 맹아를 보여주다가 1970년대에 본격적으로 가시화하였고, 한국의 문단에서는 1990

년대의 맹아기를 지나 ─ 최영철의 시와 같이 ─ 2000년대에 본격적으로 전개되었다. 한국 문단에서 생태사회를 향한 비전과 동경의식이 맹아를 보여주기 시작했던 1990년대 전반기에 발표된 이준관의 <가을 떡갈나무숲>을 분석해본다.

> 나는 떡갈나무잎에서 노루 발자국을 찾아 본다.
> 그러나 벌써 노루는 더 깊은 골짜기를 찾아,
> 겨울에도 얼지 않는 파릇한 산울림이 떠내려 오는
> 골짜기를 찾아 떠나갔다.
>
> 나무 등걸에 앉아 하늘을 본다. 하늘이 깊이 숨을 들이켜
> 나를 들이마신다. 나는 가볍게, 오늘 밤엔
> 이 떡갈나무숲을 온통 차지해 버리는 별이 될 것 같다.
>
> 떡갈나무숲에 남아 있는 열매 하나.
> 어느 산(山)짐승이 혀로 핥아 보다가, 뒤에 오는
> 제 새끼를 위해 남겨 놓았을까? 그 순한 산(山)짐승의
> 젖꼭지처럼 까맣다.
>
> 나는 떡갈나무에게 외롭다고 쓸쓸하다고
> 중얼거린다.

그러자 떡갈나무는 슬픔으로 부은 내 발등에
잎을 떨군다. 내 마지막 손이야. 뺨에 대 봐,
조금 따뜻해질거야, 잎을 떨군다.[53]

                                 — 이준관의 <가을 떡갈나무숲>

  앞에서 하나의 관점으로 제시됐던 마르틴 부버의 "관계"
철학과 생태학적 세계관 간의 접점을 통하여 이준관의 시를
탐색해보자. 시의 화자와 "나무"는 각각 독립적이고 고유한
존재다. 화자는 나무보다 우위에 있지 않다. 나무는 화자보
다 열등한 존재가 아니다. 양자의 관계는 수직적 관계가 아
니다. 지배와 예속의 관계가 아니라 마르틴 부버의 말처럼
수평적 상호관계를 이루고 있다. 나무와 화자는 "숲"이라는
생명공동체 안에서 "마주 보고 살아가는 Er(der Baum) leibt mir
gegenüber"[54] 반려가 되고 있다.

  시의 후반부에 이르기까지 줄곧 나와 너로 대변되었던 화
자와 나무 간의 관계는 마지막 연에서 역할의 역전逆轉을 보

---

53) 이준관, 시 <가을 떡갈나무숲>, 시집 ≪가을 떡갈나무숲≫ 중에서,
    나남, 1992, 16－17쪽.
54) Martin Buber, a.a.O., S. 14.

여준다. 주체였던 화자가 "너"라는 타자他者로서, 타자였던 나무가 "나"라는 주체로서 존재의 위치를 교환한다. 부버가 강조했던 인간과 자연, 자연과 인간의 만남을 통한 상호관계의 "현실적 삶"[55]이 이루어지고 있다. 나무를 너로 바라보았던 화자가 이제는 나무의 너가 되어 나무인 나에게 "외롭고 쓸쓸한" 마음을 고백한다. 화자의 너였던 나무가 이제는 나의 위치에서 화자인 너에게 "마지막" 위로의 "손"을 내민다. 상호관계의 핵심인 만남과 대화가 이루어진다. 부버가 말하였듯이 나무와 화자는 동등한 파트너로서 세계를 "함께 형성한다. Er hat mit mir(Sprecher) zu schaffen."[56] 이준관의 시에 나타난 숲은 자연과 인간의 상생이 이루어지는 생태사회의 축소모델이다.

도시와 자연 사이의 괴리를 극복하고 인간과 자연 간의 상생이 이루어지는 생태사회를 실현하려는 이상주의적 비전은 독일 문단에서 1970년대 이후 본격적으로 전개되었

---

55) Ebd., S. 18. "Alles wirkliche Leben ist Begegnung."
56) Ebd., S. 14.

다. 발터 횔레러Walter Höllerer, 페터 쉬트Peter Schütt 등의 시작
품을 대표적 모델로 손꼽을 수 있다. 1979년 문예지 ≪악첸
테Akzente≫ 제4권에 발표된 발터 횔레러의 <시조새의 꿈
Archäopteryx－Traum>을 읽어보자.

시인 발터 횔레러(1922－2003)

나는 너를 알고 있단다.
너와 함께 등을 맞대고 누워있던
그토록 오랜 세월 동안
얼굴을 스치는

도마뱀과 익룡의 살갗까지도.

대홍수 시절 나는

석회암 속에 너와 함께 묻혀 있었다.

수천 년 동안 우리는

살갗을 맞댄 채 나란히 누워있었다. 우리는

화석이 된 것이 아니었다.

함께 물에 젖어 있었을 뿐, 늪처럼 이끼처럼, 아직도

젖어있는 기억이여. 그 시절을 되돌아보며

예감하는 나.

날개 달린 도마뱀이 물 밖으로

날아오르려 하다가 그만

물웅덩이 속으로 첨벙 곤두박질치고

비상飛翔하던 너 또한 쿵 하는 소리와 함께

흙탕물 속으로 넘어졌을 때

나의 살갗은 서늘한 쾌감에 젖었다.

너는 내 곁에 눕고, 이따금 나는 네 등위에 누워

우리는 시름 한 점 없이 웃었노라!

(…)

주위를 둘러보니
어느새
모든 것이 아스팔트로 반듯하게 덮였구나.

오랜 세월 동안 나는 너를 알고 있단다.
수천 년 동안
늪처럼 이끼처럼
웃음을 머금고
그 시절을 되돌아보며
예감하는 나.

Ich kenne dich lange Zeit,
wenn ich hinter dir, deinem Rücken zugekehrt,
liege,
die Echsenhaut, Flugsaurierhaut
vor meiner Nase, —
Diluvium, sage ich, ich bin
in einem Kalksteinbruch gefunden worden, mit dir,
wir lagen, dicht beieinander,
jahrtausendelang. — Versteint
sind wir nicht.

Wir sind feucht, moosartig, moorig, eine
feuchte Erinnerung — zurückdenkend und
vorfühlend. —

Meine Haut fühlt sich wohl, sage ich, seit
die Flufechsen aus dem Wasser sich wagten,
aufzufliegen versuchten, und dann
mit dem Bauch in die Pfütze plumpsten, —
und als du, plamm, mit dem Bauch
in die Pfütze fielst,
du neben mir, ich dann auf dir,
lachten wir unser Steinbruchlachen!
(···)
und wir sehen, rings um uns ist,
inzwischen,
alles saniert, asphaltiert. —

Ich kenne dich lange Zeit.
Jahrtausende.
Moorig, moosartig,
Lachend.

Zurückdenkend.

Vorfühlend. 57)

　ㅡ 발터 휠레러의 <시조새의 꿈 Archäopteryx ─ Traum>

시의 화자는 "시조새"를 향해 "너는 내 곁에 눕고, 이따금
나는 네 등 위에 누워 우리는 시름 한 점 없이 웃었노라!"58)
고 고백하면서 자연과 인간이 분리되기 이전의 원초적 합일
상태를 그리워하고 있다. 생태사회를 향한 동경의식이 짙게
배어 있다. 더욱 주목해야 할 점은 "시조새"로 대표되는 자
연의 생명을 인간의 생명과 동등하게 존중하는 평등의식이
휠레러의 시에서도 나타나고 있다는 사실이다. 자연과 인간
의 수평적 상호 관계를 추구하는 생태학적 세계관이 선명히
드러나고 있다.59) 그러나 시에서 설정된 시공時空의 배경이

57) Walter Höllerer, <Archäopteryx ─ Traum>, in: ≪Im Gewitter der
　　Geraden. Deutsche Ökolyrik 1950 ─ 1980≫, hrsg. v. Peter Cornelius
　　Mayer ─ Tasch, München 1981, S. 27~28.

58) Walter Höllerer, <Archäopteryx ─ Traum>, in: ≪Im Gewitter der
　　Geraden. Deutsche Ökolyrik 1950 ─ 1980≫, hrsg. v. P. C. Mayer ─
　　Tasch, München 1981, S. 28.

59) 송용구, <독일 '생태시'에 나타난 주제의식과 언술방식의 상관성>,

고생대의 원시적 공간이고, 시조새가 살았던 시대에는 인간이 존재하지 않았다는 것을 독자들도 알고 있기 때문에 비록 생태학적 패러다임을 뚜렷이 전하고 있음에도 현실상황과는 거리가 멀다는 사실을 부인할 수 없다. 그렇다면 실제적 현실상황을 통하여 생태사회를 향한 희망의 메시지를 전하는 페터 쉬트Peter Schütt의 시 <소유관계 Besitzverhältnisse>를 만나보자.

시인 페터 쉬트(1939~현존)

≪카프카연구≫제26집, 한국카프카학회, 2011, 325쪽 참조.

북해 연안의

모래톱에 펼쳐진 바다는

독일연방공화국의 것도 아니고

네덜란드나 덴마크의 것도 아닙니다

그 바다는 정유회사 ESSO의 것도

BP의 것도 아닙니다

그 바다는 유일하게도

바닷가를 달리는 사람들과 모래톱의 달팽이들

좀조개와 후추조개

게와 새우들

바다전갈들

가자미와 청어들의 것입니다

그 바다는 빙어와 큰 가시고기

줄무늬 청어와 혀가자미

물개와 바다표범

검은머리 물떼새

작은 도요새

흑기러기와 솜털오리

장다리 물떼새와

갈매기와 바다제비의 것입니다

그 바다는 샤르회른 지방의 조류보호 감시자와

쥘트 지방의 천진난만한
벌거숭이 아이들의 것입니다
나는 단호히 주장합니다
이 소유관계를
결코 바꾸지 말 것을

Das Wattenmeer

an der Nordseeküste

gehört weder der Bundesrepublik

noch Holland oder Dänemark,

es gehört nicht der ESSO

und nicht der BP,

es gehört einzig und allein

den Strandläufern und Wattschnecken,

den Pfahl — und Pfeffermuscheln,

den Krabben und Garnelen,

den Seeskorpionen,

den Schollen und Heringen,

den Stinten und Stichlingen,

den Sprotten und den Seezungen,

den Seehunden und Kegelrobben,

den Austernfischern,

den Strandläufern,

den Ringelgänsen und Eiderenten,

den Säbelschnäblern und Regenpfeifern,

den Möwen und den Seeschwalben,

es gehört dem Vogelschutzwärter

von Scharhörn und den keuschen

Nackedeis von Sylt, und ich

plädiere entschieden dafür,

an diesen Besitzverhältnissen/ nichts zu ändern.[60]

― 페터 쉬트의 <소유관계 Besitzverhältnisse>

1981년 페터 쉬트의 시집 ≪꿈과 일상 사이에서≫에 수록
되었다가 같은 해 생태시선집 ≪직선들의 폭풍우 속에서. 독
일의 생태시 1950―1980≫에 재수록된 이 작품은 시인의
생태학적 세계관에 기초하여 프로파간다Propaganda 형태의
"생태 담론"[61]을 펼친다. 시의 화자는 "북해 연안"의 "바다"

---

60) Peter Schütt, <Besitzverhältnisse>, in: ≪Im Gewitter der Geraden.
   Deutsche Ökolyrik 1950―1980≫, hrsg. v. P. C. Mayer―Tasch, München
   1981, S. 196, 197.

가 수많은 생명체들에게 속해 있는 공동의 터전임을 "단호히 주장"한다. 바다는 결코 개인의 전유물도, 회사의 자본도, 국가의 재산도 아니라는 사실을 강조하고 있다.

시인이 주장하는 "소유관계"는 자본주의 경제원칙에 근거를 둔 것이 아니다. 새로운 소유관계는 "바닷가를 달리는 사람들, 달팽이들, 좀조개, 후추조개, 게, 새우, 바다전갈" 등 모든 생명체들이 동등한 구성원으로서 공생해야 한다는 생명공동체의 패러다임, 즉 생태학적 세계관에 정신적 토대를 두고 있다. 바다가 개인과 회사와 국가의 소유물이 아니라 공생의 터전이라는 사실은 어떠한 존재도 바다의 주인이 될 수 없다는 것을 뜻한다. "조류보호 감시자와 천진난만한 벌거숭이 아이들"을 포함하여 바다에 살고 있는 모든 생명체들이 바다의 공동 주인이자 공동 세입자일 뿐이다.

화자의 주장을 제Ⅳ장의 중심인 생태학적 세계관과 마르틴 부버의 "관계" 철학 간의 접점을 통해 해석해보자. 바다에 살고 있는 "가자미, 청어, 빙어, 큰 가시고기, 줄무늬 청어,

---

61) 문순홍, ≪생태학의 담론≫, 솔출판사, 서울 1999, 35~36쪽.

혀가자미, 물개"는 인간의 지배권 아래 종속된 "대상"[62]이 아니다. 그들은 사람에게 효용과 기능만을 만족시키는 물건 으로서의 "그것"[63]도 아니다. "바다표범, 검은머리 물떼새, 작은 도요새, 흑기러기, 솜털오리, 장다리 물떼새, 갈매기, 바다제비"는 사람인 나와 더불어 바다를 공동의 터전으로 공유하고 있는 너다. 자본의 값으로 환산되거나 상품의 등급 으로 평가될 수 없는 독립적 존재로서의 너다.

페터 쉬트, 발터 휄레러, 이준관, 최영철, 한스 위르겐 하 이제의 시에서 읽을 수 있는 인간과 자연 간의 관계에 대한 평등의식은 독일시와 한국시가 공유할 수 있는 생태학적 세 계관의 내용이자 생태시의 핵심적 테마다. 이러한 생태학적 세계관이 시인들의 작품 속에서 중심적 테마를 형성하게 된 것은 자연관의 변화에 따른 것이라고 말할 수 있다.

독일에서는 1949년 분단 이후, 한국에서는 1962년 군사 정부의 출범 이후 산업발전의 직선적 질주에 가속을 붙여줄

---

62) Martin Buber, a.a.O., S. 10.
63) Ebd., S. 11.

도구와 수단이 필요했다. 물건으로서의 '그것'이 필요했다. 그것은 다름 아닌 물, 공기, 흙이었고 나무, 꽃, 새를 비롯한 동식물이었다. 양 지역의 자연은 물질주의적 메커니즘 속에서 병들어가고 사회로부터 철저히 소외당하였다.

1950년대 이후 독일의 시인들이 경험했던 자연, 1960년대 이후 한국의 시인들이 만났던 자연은 아름다움과 생명력을 더 이상 낙관할 수 없는 상황에 놓여 있었다. 양 지역의 시인들은 더 이상 자연을 시적 주체의 관념 속에서 상상적 유희의 대상으로 바라볼 수 없었다. 시인의 시적詩的 주체를 보호받기 위해 '사회'로부터 등을 돌려 '자연'으로 도피할 수도 없었다. 자연의 몸이 병들어가고 자연의 생명이 죽어가는 것은 사회의 모순과 부조리에 따른 것임을 인식하였기 때문이다.

독일과 한국, 양 지역의 시인들은 사회와의 관계 속에서 자연의 생명력을 진단하고 자연의 현실적 상황을 통해서 사회의 병리현상을 투시하게 되었다. 생태문제를 사회문제와 동일선상에 올려놓은 것이다. 생태시 안에서 자연이 인간과 함께 소통할 수 있는 상호관계의 파트너이자 사회의 근간으로 격상된 것은 인간과 자연 간의 관계를 바라보는 시인들의 패러다임이 생태학적 세계관으로 바뀐 데 따른 테마의 변이 양상이라고 말할 수 있다.

V

나오는 말

앤서니 기든스Anthony Giddens는 "세계가 직면하고 있는 생
태계 문제는 적어도 세계의 불평등 문제만큼이나 심각하
다"[64]고 말했다. 그의 말을 실증하듯이 지금도 세계 곳곳에
서는 '지구 온난화'로 대표되는 기후변화의 재앙들이 속출하
고 있다. 자연파괴와 환경오염으로 인한 인과응보의 결과가
아닐까?

21세기에 접어든 인류는 랄프 슈넬Ralf Schnell의 말처럼 여
전히 "손상된 세계"[65] 속에서 살아가고 있음을 부인할 수 없

---

64) 앤서니 기든스, ≪제3의 길과 그 비판자들≫, 박찬욱 외 옮김, 생각의
나무, 2002, 210쪽.
65) Ralf Schnell, ≪Die Literatur der Bundesrepublik. Autoren, Geschichte,

다. 독일을 비롯한 서구 사회에서 생태문제의 심각성은 비교적 완화되었으나 아시아와 남아메리카 지역 등 비非서구 지역의 환경오염은 갈수록 증가하고 있다. 이제 생태문제는 전 세계적 사회문제가 되었다고 해도 지나친 말은 아닐 것이다. 이러한 시대상황에 직면해 있기 때문에 현대시는 서구 지역의 생태문제뿐만 아니라 한국과 같은 비서구 지역의 생태문제까지도 시의 소재로 충분히 수용할 수 있게 되었다. 필자가 독일과 한국 양 지역의 생태시를 본격적으로 비교하게 된 동기도 생태문제가 특정 지역의 사회문제가 아닌 지구촌의 사회문제라는 인식에 근거를 두고 있다.

독일 시인 한스 카스퍼, 한스 크리스토프 부흐, 한스 위르겐 하이제, 발터 횔레러, 페터 쉬트 그리고 한국 시인 이하석, 고형렬, 이준관, 최영철의 생태시에서 나타나는 가장 큰 공통분모는 시인들이 갖고 있는 생태학적 세계관이었다. 특히 필자가 분석의 틀로 제시한 마르틴 부버의 "관계" 철학을 통해 비교해본 독일과 한국의 생태시는 한층 더 뚜렷한 생태의

Literaturbetrieb≫, Stuttgart 1986, S. 314.

식의 공유지를 확보하고 있었다. 나와 너의 상호관계를 통해 인간과 자연 간의 공생 및 연대를 강조했던 마르틴 부버의 사상은 양 지역의 생태시를 움직이는 생태학적 세계관의 모델이 되기에 충분한 패러다임을 함의含意하고 있었다. 인간인 "나"와 자연인 "너" 사이의 조화로운 상호관계를 가장 인간적인 삶의 모습으로 승화시켰던 마르틴 부버의 철학은 독일과 한국의 생태시 사이에 또 하나의 정신적 상호관계를 맺어줄 수 있는 생태학적 세계관의 연결고리를 제공해주었다.

한스 위르겐 하이제의 시 <약속>에서 사람의 돌봄과 보호를 약속 받는 야생초, 최영철의 시 <오후 두 시>에서 사람의 손님으로 존재가 격상되는 파리, 페터 쉬트의 시 <소유관계>에서 사람과 함께 바다를 공동의 생활터전으로 공유하는 수많은 동식물, 이준관의 시 <가을 떡갈나무숲>에서 사람을 "너"로 맞이하여 너의 상한 마음을 치유해주는 떡갈나무 등은 사람의 "온 존재를 기울여" 도와주는 것이 마땅한 생태사회의 일원이었다.

마르틴 부버의 철학과 생태학적 세계관의 공유지대 안에

서 살펴본 생태시는 독일과 한국의 지역 간 경계, 사회 간 경계, 문화 간 경계를 초월하여 생태주의적生態主義的 테마의 네트워크를 창출할 수 있는 가능성을 보여주고 있다. 독일과 한국의 생태시는 양 지역의 문화권에 생태의식과 환경의식을 소통시키는 '문화 매체'의 기능을 발휘할 수 있다.

　문화상호주의 측면에서 본다면 특정 문화권의 경계를 넘어 세계 각 지역에 생태의식과 환경의식의 네트워크를 넓혀 나가는 범세계적 문화 매체의 기능을 생태시로부터 기대해 볼 수 있다. 이러한 "문화 생태학"66)적 의미를 생태시에게 부여할 수 있는 것은 생태학적 세계관 또는 생태주의적 패러다임의 범세계적 소통과 공유만이 지구촌의 생태위기를 극복할 수 있는 근본적 해법이라는 판단에 근거를 두고 있다.

---

66) 이재성, ≪열림과 소통의 문화생태학≫, 계명대학교 출판부, 2008, 5쪽.

부록

— 기후변화 시대의 생태시인들

위르겐 베커

1932년 독일 쾰른에서 출생한 시인 위르겐 베커Jürgen Becker. 그는 '누보 로망'의 작가로 알려질 정도로 소설 창작에서도 탁월한 능력을 발휘하였다. 기술문명에 대한 비판의식에 바탕을 두고 생태의식을 표현해왔던 베커의 언어는 시와 소설 간의 경계를 넘나들며 양쪽 세계를 융합시키는 현대적 경향을 보여주었다. 그는 사람과 자연 간의 관계가 심각하게 분열되고 있다는 사실을 때로는 목격자처럼 증언하기도 하고, 때로는 묵시록의 언어로 경고하기도 했다. 위르겐 베커의 대표적 시집으로는 ≪눈雪≫, ≪풍경화의 끝≫, ≪전쟁 얘기는 꺼내지도 마오≫, ≪시집 1965~1980≫(1981) 등이 있다.

함민복

1951년 충북 충주에서 출생한 시인 함민복. 그는 1988년 계간 ≪세계의 문학≫에 시 <성선설>을 발표하여 등단하였다. 물질만능주의를 부추기는 메커니즘에 대한 저항의 몸짓이 그의 시를 키우는 힘이 되었다. 1991년 생태엔솔로지

≪새들은 왜 녹색별을 떠나는가≫에 수록된 함민복의 생태
시는 생태적 생명의 문제를 '시의 심장'으로 삼고 있는 그의
세계관을 대변한다. 함민복의 대표적 시집으로는 ≪모든 경
계에는 꽃이 핀다≫, ≪말랑말랑한 힘≫, ≪자본주의의 약
속≫(2006) 등이 있다.

우베 그뤼닝

1942년 폴란드 파비아니체에서 출생한 시인 우베 그뤼닝
Uwe Grüning. 그는 독일 '작센' 주의 소도시 그라우카우에서 유
년 시절을 보냈다. 그는 1966년 이후 엔솔로지와 문예지에
시, 에세이, 소설을 꾸준히 발표하였고, 마침내 1977년 첫 시
집 ≪12월의 여행아침≫을 출간하였다. 그는 정치 참여에도
열정을 기울였다. 독일 통일의 해인 1990년 기민당(CDU) 소
속 작센 주의회 의원으로 선출되어 2004년까지 의원직을 역
임하였고, 기민당의 작센 주 대변인으로 활약하였다. 그의 풍
부한 정치경험은 사회와 세계에 대한 비판적 안목을 키워주
었고 그의 시를 사회교육의 메타포로 승화시켰다. 그의 시에

나타나는 생태의식도 정치참여와 깊은 연관성이 있다. 생태 위기와 환경오염은 잘못된 정치의 결과물이기 때문이다. 우베 그뤼닝의 대표적 시집으로는 ≪12월의 아침여행≫, ≪불의 주변에서≫ 등이 있다.

이문재

1959년 경기도 김포에서 출생한 시인 이문재. 그는 1982년 ≪시운동≫ 제4집에 시 <우리 살던 옛집 지붕>을 발표하여 등단한 이후 시창작과 문학평론을 병행해왔다. 이념과 경향에 얽매이지 않는 자유로운 상상력을 바탕으로 현실과 시대의 다양한 사회문제를 시의 소재로 다루어왔다. 생태문제도 그의 시세계 안에서 중심적 소재가 되었다. <산성눈 내리네>, <고비 사막>, <비닐 우산>, <산길이 말하다>, <오존 묵시록> 등은 그의 생태의식을 대변하는 작품이다. 이문재의 대표적 시집으로는 ≪내 젖은 구두를 벗어 해에게 보여줄 때≫, ≪산책 시편≫, ≪별빛 쏟아지는 공간≫, ≪공간 가득 찬란하게≫ 등이 있다.

사라 키르쉬

1935년 독일 하르츠 지방의 림린게로데에서 출생한 시인 사라 키르쉬Sarah Kirsch. 제2차 세계대전이 끝난 후에는 독일 민주공화국(DDR 東獨)의 시민이 되어 1954년부터 1958년까지 할레Halle 대학교에서 생물학을 전공하였다. 1960년부터 시를 발표하기 시작한 키르쉬는 '서정시 파도'라는 문학 운동을 주도하였다. 그러나 동독 당국은 문학을 '사회주의 선전 도구'로 이용하는 문화정책을 실시하였다. 동독의 작가들은 이른바 '건설문학' 혹은 '도달문학'이라는 획일적 문학의 형태 속에 구속되어 예술가의 자율성과 창의성을 억압당하는 현실에 직면하였다. 키르쉬는 동독 당국의 문화정책에 맞서 작가의 주관성과 문학의 서정성을 해방하는 데 힘을 쏟았다. 정부의 압력에 의해 작가동맹에서 제명당하는 아픔을 겪고 1977년 마침내 서독으로 망명한 사라 키르쉬. 시인이자 문학평론가인 카를 리하Karl Riha가 "교정된 자연시"라고 명명한 것처럼 키르쉬의 자연시는 사람과 자연 간의 분열에 따른 세계의 파멸을 경고한다. 묵시록의 성격을 갖고 있는 것이다. 흔들리는 지구에 대한 불안과 공포를 '산', '새', '개', '곰', '당나귀', '해초', '물고기' 등의 삶을 통해 대변하고 있다. 사라키르쉬의 대표적 시집으로는 ≪시골 체류≫, ≪순풍≫, ≪연날리기≫, ≪지상의 나라≫, ≪고양이의 삶≫ 등이 있다.

이하석

1947년 경상북도 고령에서 출생한 시인 이하석. 1971년 ≪현대시학≫으로 등단한 그는 이동순 시인과 함께 2인 시집 ≪百子圖≫를 출간하면서 문단의 주목을 받기 시작했다. 1976년 '자유시' 동인 활동을 통하여 창작의 열정을 뜨겁게 달구어가던 이하석 시인은 1978년 ≪영남일보≫의 기자로서 활동하게 되었다. 기자로서 한국 사회의 곳곳을 관찰하던 중에 한국 사회의 구조적 문제점에서 비롯된 사회적 병리현상들을 주목하게 되었다. 기자 및 언론인의 활동은 그의 현실 인식과 사회비판의 정신을 강화하는 정신적 토대가 되었다. 이하석 시인은 1960년대 이후 1970년대에 이르는 역사적 흐름 속에서 사람과 자연 간의 심각한 불화 현상을 낳은 정치적 부조리와 사회적 모순을 구체적으로 인식하였다. 이러한 현실인식의 토대 위에서 '생명'을 가진 모든 것들에게 닥쳐온 생존의 위기상황을 사실적으로 묘사하였다. 그는 1970년대 후반에 <투명한 속>, <풀씨 하나 떠돌다가>, <부서진 활주로>, 연작시 <순례>, 연작시 <못>, 연작시 <병> 등을 발표하여 한국 문단에서 생태의식을 본격적으로 형상화하는 선두 주자의 위치를 자리매김하였다.

한스 카스퍼

1916년 독일 베를린에서 출생한 시인 한스 카스퍼Hans Kasper. 그는 시, 에세이, 경구警句, 방송극 등 다양한 장르의 작품을 발표하였다. 1955년 한스카스퍼는 시의 첫 행에 검정색 대문자로 대도시 이름을 표기한 연작 시편을 발표하였다. <뉴스Nachricht>라는 제목으로 발표된 이 연작 시편은 프랑크푸르트, 보훔 등 독일의 대도시를 비롯하여 미국의 디트로이트 같은 공업도시에 이르기까지 서구의 문명사회를 대상으로 삼았다. 한스 카스퍼는 동시대의 다그마르 닉Dagmar Nick과 함께 자연시의 전통적 경향을 극복하고 '자연'과 관련된 문제들을 사회문제로 고발하여 생태시의 서막을 열었다. '뉴스'라는 제목이 암시하는 것처럼 그는 대도시를 환경오염의 진원지로 고발하였다. 기자의 현장 취재와 보도를 연상시키는 르포Repo의 언술방식을 통해 생태위기의 실상을 실증함으로써 생생한 현장감을 재생해주었다. 한스 카스퍼의 대표적 시집으로는 ≪뉴스와 기사≫, ≪호흡이 멎은 시간≫, ≪인간에 대한 보고≫ 등이 있다.

한스 크리스토프 부흐

1944년 독일 베츨라르에서 출생한 시인 한스 크리스토프 부흐Hans-Christoph Buch. 그는 시, 에세이, 단편 소설, 라디오 방송극본 및 TV 드라마 극본, 문학비평, 사회비평 등 '글쓰기'의 모든 분야에 능통했던 문학 귀재였다. 1960년대 한스 크리스토프 부흐는 서독의 '68 운동'과 '사회주의'의 영향을 받아 다수의 사회비평적인 글을 발표하였다. 1970년대 들어서는 '로볼트Rowohlt' 출판사의 편집인으로서 문예지 ≪문학매거진≫을 발간하였다. 1972년에는 시인 발터 횔레러가 교수로 재직하고 있던 '베를린 공대'에서 철학박사 학위를 받을 정도로 학문 연구에도 열정을 쏟았다. 그 후 서독과 미국의 여러 대학교에서 강의를 담당하였고, 캐나다, 멕시코, 브라질, 중국 등을 여행하는 가운데 자연체험과 문화체험의 폭을 넓혔다. '문화인류학'적 현상에 대한 부흐의 남다른 관심은 1980년대 카리브해 지역과의 특별한 관계로 이어졌다. 부흐의 친조부는 독일인이었지만 친조모는 '아이티' 여성이었다. 그의 문학작품에 아이티가 자주 등장하는 것도 이러한 가족관계와 1980년대의 카리브해 체험에 원인을 두고 있다. 1990년대 부흐는 아프리카 지역의 정치 혼란과 경제 파탄에도 큰 관심을 가졌다. 르포와 다큐멘터리 등의 논픽션 형태로 아프리카 국가들의 사회적 위기 현상을 고발하는 데 주력하였다. 부흐의 비판적 지성은 독일의 사회문제를 넘어 전세계의 사회문제를 문학의 소재로 삼았다. 환경오염과 생태계파괴를 지구촌의 사회문제로 부각시킨 것도 그의 비판정신이 낳은 자연스러운 산물이었다. 부흐의 대표적 작품집으로는 ≪새로운 세계에서≫(1975), ≪카리브해의 찬 공기≫(1985), ≪세계의 새로운 무질서≫(1996), ≪아프리카의 카인과 아벨≫(2001), ≪아바나에서의 죽음≫(2007), ≪아프리카의 묵시록≫(2011) 등이 있다.

고형렬

1954년 강원도 속초에서 출생한 시인 고형렬. 그는 1979년 ≪현대문학≫으로 등단하였다. 한국의 저열한 정치현실을 비판하면서 민주주의와 민중의 생존권을 실현하려는 사회변혁의 희망을 노래하였다는 측면에서 본다면 고형렬 시인의 시세계는 수많은 민중적 저항시인들의 작품세계와 다르지 않다. 그러나 1970~1980년대의 저항시인들과는 뚜렷이 다른 차별성이 고형렬의 시에서 발견된다. 그의 생태의식이다. 1990년 반전反戰 및 반핵反核 사상을 담아낸 시집 ≪리틀보이≫를 상재한 이후 고형렬 시인은 한국의 생태계와 자연환경이 병들어가는 현실을 지속적으로 고발하고 비판하였다. 민중에게 생태계의 현실을 알림으로써 한국 사회의 구조적 문제점을 인식시키고자 했던 것이다. 그는 생태계를 파괴하는 정치적, 경제적, 문화적 원인들을 철저히 해부함으로써 총체적 사회구조의 모순을 개혁하는 것만이 한국의 생태계를 민중의 생활터전으로 회복할 수 있는 해결책임을 시를 통해 호소해왔다. 그의 시집 ≪서울은 안녕한가≫는 생태의식과 환경의식을 선명하게 보여주는 생태시집이다. 고형렬의 대표적 시집으로는 ≪서울은 안녕한가≫를 비롯하여 ≪리틀보이≫, ≪수박밭≫, ≪해청≫ 등이 있다.

한스 위르겐 하이제

1930년 독일 부블리츠에서 출생한 시인 한스 위르겐 하이제Hans‒Jürgen Heise. 그는 시, 에세이, 문학비평, 번역 등의 분야에서 많은 저작물을 남겼다. 하이제는 유년 시절 가족과 함께 베를린으로 이주하였다. 제2차 세계대전으로 인하여 베를린에 더 이상 거주할 수 없게 되어 고향 부블리츠로 돌아왔으나 1945년 또 다시 베를린으로 돌아갔다. 1950년대 베를린 시절 이후 1960년대 킬Kiel 시대에 이르기까지 하이제는 전통적 형식과 운율로부터 시를 해방하는 데 앞장섰다. 그의 '자유시'는 형식뿐만 아니라 테마에 있어서도 현대성을 갖추었다. 특히 하이제는 1950년대 서독에서 진행된 급진적 산업발전과 개발사업을 비판하였다. 이러한 비판의식을 토대로 하여 자연과 생명의 터전을 지켜낼 것을 호소하는 시작품들을 그의 첫 번째 시집 ≪새로운 초원의 징후≫ 속에 담아냈다. '생태시'라는 명칭을 처음으로 제시한 마이어ー타쉬 교수의 시각으로 볼 때 하이제의 이 시집은 생태시의 전형적 모델이었다. 그의 대표적 시집으로는 ≪새로운 초원의 징후≫, ≪길 잃은 꿈≫, ≪외눈박이 이성理性≫ 등이 있다.

최영철

1956년 경상남도 창녕에서 출생한 시인 최영철. 그는 1986년 ≪한국일보≫ 신춘문예에 당선되어 등단하였다. 그는 한국시의 전통적 서정성을 계승하면서도 도시의 일상적 사건들과 사물들을 소재로 삼아 현대인들의 의식을 각성시키는 모더니티를 겸비해 왔다. 전통과 현대가 그의 시 속에서 만나고 있는 것을 볼 수 있다. 이것은 그가 다루는 문학작품의 소재가 특정한 시대에 갇혀 있지 않을 뿐만 아니라 상상의 폭도 넓고 표현방식도 구체적임을 의미한다. 시인이 말하고자 하는 주제의식이 뚜렷하다고 해도 상상과 표현의 변주變奏가 뛰어나지 못하다면 독자에게 감동을 줄 수 없다. 의식을 일깨우기도 어렵다. 최영철 시인은 자신의 상상력을 전통적 언어의 가락으로 풀어내어 독자에게 감동을 주다가도 어느새 '낯설게 하기'의 표현을 통해 낭만적 환상을 깨버리고 현실을 환기시켜 독자의 의식에 새로운 깨달음의 돌을 던져준다. 최영철의 대표적 시집으로는 《홀로 가는 맹인악사》, 《개망초가 쥐꼬리망초에게》, 《일광욕하는 가구》, 《그림자 호수》, 《호루라기》, 《찔러본다》 등이 있다.

이준관

1949년 전북 정읍에서 출생한 시인 이준관. 그는 어른과 어린이를 구분하지 않고 모든 세대의 독자들이 읽을 수 있는 시를 써왔다. 그런 까닭에 동시 분야에서도 문학적 성과를 쌓아온 아동문학가로 알려져 있다. 1971년 <초록색 크레용 하나>로 ≪서울신문≫ 신춘문예 동시 부문에 당선되었고, 1974년 ≪심상≫에 시 ≪풀벌레 울음송≫ 외 2편을 추천 받아 등단하였다. 그는 생활공간 속에서 만날 수 있는 사람, 동물, 식물 등 '생명'을 가진 모든 존재를 시의 뜨락으로 초청하여 시를 '생명의 네트워크'로 구성하였다. 그의 시는 이 '녹색문화의 현장'을 나타내는 본보기로서 손색이 없어 보인다. 이준관의 대표적 시집으로는 ≪가을 떡갈나무숲≫, ≪내가 채송화꽃처럼 조그마했을 때≫, ≪열 손가락에 달을 달고≫ 등이 있다.

발터 횔레러

1922년 독일의 로젠베르크에서 출생한 시인 발터 횔레러 Walter Höllerer. 그는 문학비평가이자 문예학자이기도 하다. 그는 1959년부터 1987년까지 베를린 공과대학의 문예학 교수를 역임하였다. 1954년부터 전후戰後 독일 작가들의 대표

적 단체인 '47그룹'의 회합에 비평가로서 참여하였다. 1954
년 문예지 ≪악첸테Akzente≫와 1961년 문예지 ≪기술시대
의 언어≫를 창간하여 편집책임을 맡는 등, 문학담론의 활성
화에 기여하였다. 그의 대표적 시집으로는 ≪또 다른 손님≫
(1952), ≪시는 어떻게 생겨나는가≫(1964), ≪시집. 1942－
1982≫(1982) 등이 있다.

페터 쉬트

1939년 독일 바스베크에서 출생한 시인 페터 쉬트Peter
Schütt. 그는 함부르크, 괴팅엔, 본에서 독일문학과 역사학을
전공하였다. 도르트문트를 중심으로 결성된 작가 단체 '61
도르트문트 그룹'의 주요 회원으로 활동했다. 1971년부터는
그 후속 단체인 '노동세계의 문학'을 주도하면서 '독일 작가
동맹'의 회원으로 활동해왔다. 개신교에서 가톨릭으로, 가톨
릭에서 이슬람교로 개종할 정도로 변화무쌍한 삶을 살았던
페터 쉬트는 '독일 공산당(DKP)'과 '민주 문화 연방'의 핵심
멤버로 활동할 만큼 다양한 정치활동을 펼쳤다. 이와 같이

정치와 사회에 대한 폭넓은 경험은 '시대시時代詩'를 낳는 기반이 되었다. 그는 시대의 모순과 사회의 병리현상들을 비판하는 사회참여적 시대시를 지속적으로 발표해왔다. 그의 '시대시' 범주 안에 속하는 대표적 장르가 '생태시'다. 그는 생태 문제를 정치, 경제, 사회, 문화와의 관계 속에서 인식하였다. 자연과 사람 간의 상호관계를 깨뜨리는 원인들이 사회의 구조적 모순으로부터 생겨난다는 것을 고발하면서 사회개혁의 열망을 표현하였다. 페터 쉬트의 대표적 시집으로는 ≪관계들≫, ≪두 개의 대륙≫, ≪시대시時代詩≫, ≪꿈과 일상 사이에서≫ 등이 있다.

참고문헌

국내문헌

고진하 · 이경호(엮음): ≪새들은 왜 녹색별을 떠나는가≫, 다산글
방, 1991.

고형렬: ≪마당식사가 그립다≫, 고려원, 1995.

_____: ≪서울은 안녕한가≫, 삼진기획, 1991.

구승회: ≪생태철학과 환경윤리≫, 동국대학교 출판부, 2001,

국립기상연구소: <기후변화 이해하기 II - 한반도의 기후변화: 현
재와 미래>, 2009.

_____: <IPCC 5차 평가보고서 대응을 위한 기후변화 시
나리오 보고서 2011>, 국립기상연구소, 2011.

김광섭: ≪성북동 비둘기≫, 범우사, 1969,

김상미: <보이지 않는 아이들>, ≪현대시학≫2004년 5월호.

김용민: ≪생태문학≫, 책세상, 2003.

녹색성장위원회와 기상청 편저: <2012 이상기후 보고서>, 2013.

도정일: ≪시인은 숲으로 가지 못한다≫, 민음사, 1994.

마르틴 부버: ≪나와 너≫, 문예출판사, 1993.

머레이 북친: ≪사회생태론의 철학≫, 문순홍 역, 솔, 1997.

_____: ≪사회생태주의란 무엇인가≫, 박홍규 역, 민음사, 1998.

문순홍: ≪생태학의 담론≫, 솔, 1999.

박설호: ≪작은 것이 위대하다 ─ 독일 현대시 읽기≫, 울력, 2007.
   <북극 얼음면적 최소치 또 경신>, ≪동아일보≫, 2012년 9
   월 21일.

사라 키르쉬: ≪굴뚝새의 유리집에서≫, 박상배 옮김, 고려원, 1993.

송용구: ≪느림과 기다림의 시학≫, 새미, 2006.

_____: <독일과 한국의 '생태시'에 나타난 묵시록의 성격과 기
   능>, ≪뷔히너와 현대문학≫제38집, 2012.

_____: <독일 '생태시'의 주제의식과 언술방식의 상관성>, ≪카프
   카연구≫제26집, 2011.

_____: ≪독일의 생태시≫, 새미, 2007.

_____: <생태주의 관점에서 바라본 문화적 상호의존 관계와 제2외
   국어 교육, ≪카프카 연구≫제16집, 한국카프카학회, 2006.

_____: ≪에코토피아를 향한 생명시학≫, 시문학사, 2000.

_____: ≪직선들의 폭풍우 속에서. 독일의 생태시 1950─1980≫,
   시문학사, 1998.

_____: ≪현대시와 생태주의≫, 새미, 2002.

신문수: <기후변화. 기상학적 비전. 문학적 상상력>, ≪영어영문학≫ 제57권 1호 , 2011. <지구는 종말로 향하고 있다>, ≪서울신문≫, 2012년 6월 8일.

알빈 필: ≪생태 언어학/Ökolinguistik. Eine Einführung≫ 박육현 옮김, 한국문화사, 1999.

앤서니 기든스: ≪제3의 길과 그 비판자들≫, 박찬욱 외 옮김, 생각의 나무, 2002.

이동승: ≪독일의 생태시≫, 계간 ≪외국문학≫, 1990년 겨울.

이재성: ≪열림과 소통의 문화생태학≫, 계명대학교 출판부, 2008.

이준관: ≪가을 떡갈나무숲≫, 나남, 1992.

이하석: ≪고추잠자리≫, 문학과지성사, 1997.

_____: ≪투명한 속≫, 문학과지성사, 1980.

최영철: ≪호루라기≫, 문학과지성사, 2006.

홍성태: ≪생태사회를 위하여≫, 문화과학사, 2004.

외국문헌

Becker, Jürgen: ≪Gedichte 1965~1980≫, Frankfurt am main 1981.

Buber, Martin: ≪Ich und Du≫, Heidelberg 1974.

Fried, Erich: ≪Anfechtungen Fünfzig Gedichte≫, Berlin 1967, 2001.

Gebhard, Walter: ≪Naturlyrik. Von Loerke zur Ökolyrik≫, in: neun
Kapitel Lyrik, hrsg. v. Gehard Köpf, München Wien Zürich
1984.

Goodbody, Axel: ≪Ökologie und Literatur≫, Amsterdam 1988.

Grünbein, Durs: ≪Grauzone morgens≫, Frankfurt am Main 1988.

Grüning, Uwe: ≪Innehaltend an einem Morgen. Gedichte≫, Berlin
1988.

Haekel, Ernst: ≪Generelle Morphologie der Oaganismen≫, Berlin
1866. Bd. 2.

Kirsch, Sarah: ≪Sarah Kirsch Sämtliche Werke≫, Stuttgart 2013.

Krörrich, Otto: ≪die deutsche Lyrik der Gegenwart≫, Stuttgart
1971.

Marsch, Edgar: ≪Moderne deutsche Naturlyrik≫, Stuttgart 1980.

Mayer－Tasch, Peter Cornelius(Hrsg.): ≪Im Gewitter der Geraden.
Deutsche Ökolyrik 1950－1980≫, München 1981.

Ders.: <Ökologische Lyrik als Dokument der politischen Kultur>, in:
≪Im Gewitter der Geraden. Deutsche Ökolyrik, hrsg. v. P.
C. Mayer－Tasch, München 1981.

_____: <Umweltbewußtsein und Jugendbewegung>, in: ≪Ökologie
und Grundgesetz≫, Frankfurt 1980.

Minde, Fritz: <Bobrowskis Lyrik und die Lyrik der naturmagischen

Schule>, in: ≪Johannes Bobrowskis Lyrik und Tradition, Frankfurt am Main 1981.

Oertgen, Elke: ≪Erdberührung≫, Duisburg 1985.

Ders.: ≪Steine haben Gedächtnis≫, Duisburg 1988.

Schlesak, Dieter: <Wort als Widerstand. Paul Celans Herkunft — Schlüssel zu seinem Gedicht>, in: ≪Literatur — Magazin≫ Nr. 10/1979.

Schnell, Ralf: ≪Die Literatur der Bundesrepublik. Autoren. Geschichte. Literaturbetrieb≫, Stuttgart 1986.

V. Wilpert, Gero: ≪Apokalypse, in: Sachwörter der Literatur≫, Stuttgart 1969.

Wehr, Gerhard: ≪Martin Buber≫, Reinbek bei Hamburg 1968.

찾아보기

인명人名 찾아보기

저서, 작품, 문헌
찾아보기

기상학·문학·생태학
개념 찾아보기

저자 **송용구**

* 고려대학교 문과대학 독어독문학과 졸업 및 고려대 대학
  원 문학박사.
* 1995년 월간 ≪시문학≫에 시 <등나무꽃> 외 4편을 추
  천받아 시인으로 등단.
* 시전문지 ≪시산맥≫ 편집기획집필위원장 역임.
* 서울신학대학교 겸임교수와 한신대학교 외래교수 역임.
* 한국카프카학회 이사. * 인문학예술원 대표.
* 고려대학교 문과대학 독일어권문화연구소 교수.
* 고려대학교 문과대학의 독일문학과 유럽문화 강의 담당.
* 고려대학교 최우수 강의상을 뜻하는 '석탑강의상' 수상
  (2005년 · 2014년).
* 저서: ≪인문학 편지≫ · ≪나무여, 너의 안부를 묻는다≫ ·
  ≪지식과 교양≫ · ≪인간의 길, 10대가 묻고 고전이 답하

다》·《인문학, 인간다움을 말하다》·《생태언어학의 렌즈로 바라본 현대시》·《생태시와 생태사상》·《독일의 생태시》·《느림과 기다림의 시학》·《현대시와 생태주의》·《생태시와 저항의식》··《에코토피아를 향한 생명시학》·《독일 현대문학과 문화》·《대중문화와 대중민주주의》 등.

* 역서: 《직선들의 폭풍우 속에서. 독일의 생태시 1950~1980》·잉게 숄의 《아무도 미워하지 않는 자의 죽음(원저 백장미)》·슈테판 츠바이크의 《모르는 여인의 편지》·《연인에게 이르는 길 – 헤르만 헤세 시집》·《히페리온의 노래 – 횔덜린의 자유와 사랑의 시》·미하엘 쾰마이어의 《소설로 읽는 성서》·로버트 V. 다니엘스의 《인문학의 꽃, 역사를 배우다》 등.

기후변화에 대항하는

독일시와 한국시의 기상학적 의식

| 초판 1쇄 인쇄일 | 2020년 6월 20일 |
| 초판 1쇄 발행일 | 2020년 6월 25일 |

지은이	송용구
펴낸이	한선희
편집/디자인	우정민 우민지
마케팅	정찬용 김보선
영업관리	한선희 정구형
책임편집	우민지
인쇄처	국학인쇄사
펴낸곳	국학자료원 새미(주)
	등록일 2005 03 15 제 406-3240000251002005000008 호
	경기도 고양시 일산동구 중앙로 1261번길 79 하이베라스 405호
	Tel 442-4623 Fax 6499-3082
	www.kookhak.co.kr
	kookhak2001@hanmail.net

| ISBN | 979-11-90476-53-9 *93800 |
| 가격 | 14,000원 |

* 저자와의 협의하에 인지는 생략합니다.
  잘못된 책은 구입하신 곳에서 교환하여 드립니다.
  국학자료원 · 새미 · 북치는마을 · LIE는 국학자료원 새미(주)의 브랜드입니다.
* 이 도서의 국립중앙도서관 출판예정도서목록(CIP)은 서지정보유통지원시스템 홈페이지(http://seoji.nl.go.kr)와
  국가자료공동목록시스템(http://www.nl.go.kr/kolisnet)에서 이용하실 수 있습니다.(CIP2020024606)